Till Annika.

"Äkta styrka har inget med muskler att göra."

Finns det tvillingsjälar?

Javisst finns det.

Ni vet den där känslan man får, när man träffar någon ny
bekantskap, om att ni mötts förut!
Att ni känner varandra, och att ni känt varandra länge.

Ett igenkännande, och nästan ett rop om, -Hej, där är du
ju, för att i nästa stund presentera er för varandra för
första gången, och sen börja fundera.
Hjärnan som på högtryck jobbar med att hitta
kopplingen.

Var har vi träffats?
Gemensamma vänner?
Samma fest?
Bott på samma ort?
Kanske på samma arbetsplats?
Var har vi mötts?

Ett okänt namn, ett flyktigt igenkännande ansikte, men
den starka vetskapen om att ni känner varandra och har
gjort det hela livet.

Ni vet den där känslan!
Visst känner ni igen den?

Visst finns det tvillingsjälar!

Jag vet, för jag har mött en.

Det var helt oglamoröst.
Inget fyrverkeri.
Inga lampor som tändes, eller stjärnor som tindrade.
Ingen stråkkvartett som stämde upp i en serenad i
bakgrunden eller ett rosa skimmer som sakta böljade
fram.
Nej...det var en helt vanlig och grå dag.
En helt vanlig dag i mina vanliga slitna, och som vanligt
hästluktande kläder, och med halmstrån i mitt långa
mörka hår som jag som vanligt satt upp i den vanliga
knuten.

Som vanligt rann svetten i pannan efter att som vanligt ha
mockat i boxarna, och som vanligt fick jag dra baksidan
av handen för att svettdropparna inte skulle rinna ner i
mina vanliga osminkade ögon.

Rockkanalen skrålade på radion och Anna stod med
grepen i handen i den andra boxen och började prata med
sin sambo som tittade in efter sin joggingrunda.
Mitt vanliga jag tittade in i öppningen och igenkännande
hejade jag till med ett - Nämen hej.
Han stod i sina gråa joggingbyxor och håret lite stripigt
av svett efter löparrundan, och log tillbaka med sitt
vackra leende och hälsade tillbaka lika
igenkännande....och sen började det stora detektivarbetet
med att utesluta, eller hitta kopplingen, för vi båda visste
att vi träffats förut.

Till slut fick vi ge upp...vi hittade inte kopplingen för vi
hade inte träffats förr, i alla fall inte i detta liv.

En AC-DC-låt spelades på radion i stallet och på en given signal började både jag och Fredde samtidigt att gnola med i refrängen, och förvånade om att vi båda tänkt samma tanke började vi att skratta.

Det var ett avslappnat och äkta skratt med någon som man känner så väl…..men som man precis träffat för första gången.

Jag hade någonstans i våra utfrågningar om varandra fått för mig att han var ett träningsfreak och blev alldeles paff att han ens kunde texten till en hårdrockslåt, då han inte alls såg ut att verka vara intresserad av sån musik, men han bara skrattade och berättade att han spelade gitarr i ett hårdrocksband.

Frågorna bubblade och haglade, och vi skrattade högt när vi nämnde våra favoritband och sångare, och det många gånger visade sig vara samma.

Anna var klar med sina boxar och de körde iväg, och jag blev ensam kvar med mina tankar.
Vad hände?
Vem var han?
Tankarna for fram och tillbaka som kulan i ett flipperspel.
Varför kände jag honom, fast ändå inte?

Flera gånger efter det här kom Fredde förbi på sin joggingrunda när Anna och jag stod och mockade eller ryktade hästarna, och varje gång kom vi in på vårt gemensamma intresse. Hårdrock!

Han kände till allt och alla band jag nämnde, och varenda refräng jag började nynna på, fyllde han i.

Jag berättade om min stora LP-samling jag hade hemma och efter jobbet i stället följde Anna och Fredde med hem på kaffe och kolla in plattorna som jag samlat och sparat på sedan 70-talet.

Dammet låg grått över skivfodralen och jag blåste bort det och drog med ärmen på min hästluktande tröja, och sidan om mig satt han med sina svettiga joggingkläder med benen i kors.

Vi skrattade när vi berättade för varandra om de olika konserter vi varit på.
Flera konserter hade vi varit på samtidigt utan att veta om varandras närvaro, och jag skrattade så tårarna rann när han berättade om då han var i parken och då han lite överförfriskad skulle slå en stråle och rullade nerför slänten ner i den lilla bäcken, och jag kunde för mitt inre måla upp en bild av hur han kommit upp dyngsur med sjögräset hängandes i det långa blonda håret.

Två timmar försvann i ett nafs och vi vaknade upp med ett ryck när Anna med en hög och gäll stämma meddelade att det faktiskt var dags för dem att åka hem nu.
Kvar satt jag mitt på golvet, i min svarta slitna tröja och mina mossgröna ridbyxor, med alla mina tankar.

Jag rafsade ihop fordral och CD skivor av Black Sabbath, Judas Priest och Iron Maiden och tänkte på

eftermiddagen som bara flugit förbi.
Rammstein och Deep Purple hamnade i CD-stället och
jag gick sen upp för att ta en välbehövlig dusch.

Tvillingsjäl.
Det måste vara min tvillingsjäl!
Vi var två, men ändå en.
Samma tankar och humor, och så många gemensamma
intressen.
Vi var så lika.
Han måste vara min tvillingsjäl.

Utöver detta så hade han det som jag gillade, som en
snygg och vältränad kropp, och snyggt och långt hår som
en hårdrockare ska ha........men var tyvärr även 15 år
yngre än mig.

Jag höll igen.
Backade.
Tänkte på Anna.
Fortsatte att jobba...men tänkte.
Kulan i flipperspelet for hit och dit.

Våra samtal blev fler, och längre och djupare.
Han var en ung kille men som levt många liv och hade
många själar.
Vi kunde prata om allt, och åldersskillnaden började
kännas mindre för varje gång vi pratade....för mig.
Men vad skulle min omgivning tycka om min nya
bekantskap?

Men vi var ju bara kompisar, ingenting annat, och skulle aldrig bli något annat…..men han var min tvillingsjäl.
Men varje gång telefonen ringde hoppade jag till.
Med rodnande kinder hoppades jag att det skulle vara han, som skulle ge något tips om en låt eller spelning, men samtidigt i min glädje kunde jag riktigt höra skvallret och förmaningarna i huvudet, från föräldrar, kompisar och bekanta, så jag behandlade honom som jag behandlade alla mina andra kompisar.

Han var ung, och jag äldre, och inte med några enstaka år, och när han återigen ringde upp mig så hade jag bestämt mig.
Jag bad honom att backa.
Det var bäst att inte ha så mycket kontakt.

Han släppte inte greppet och innerst inne var jag var nästan lite glad för det, för jag tänkte på honom varje dag.
Vad hände?
Detta hade jag inte planerat.

Jag tänkte på honom, som jag kunde sjunka ner i samtal om musik i flera timmar utan att märka hur tiden rullade iväg, eller på hans långa hår som han oftast hade i en hästsvans när han nu som vanligt tittade in i stallet efter sin joggingrunda.

Och lika glad blev jag när han kom en eftermiddag efter ett halvår och frågade om han fick sova på min soffa då Anna slängt ut honom.
Givetvis fick han det.

Mitt hem stod öppet för alla mina vänner. Klart man
ställer upp för sina kompisar....sin tvillingsjäl.

Mer än vänner.

Min tvillingsjäl var min kompis, men blev väldigt snabbt
min sambo på riktigt.
Min gulliga, snälla och goa nya sambo.

Han var både smart och rolig och fick mig att skratta hela
tiden.
Vi hade många och långa samtal om allt mellan liv och
död och ofta tänkte och sa vi precis samma sak samtidigt.

Kvällarna satt vi ofta på golvet i vardagsrummet och
spelade och sjöng med i alla sånger som vi så väl kände
igen.
Jag var lycklig, mycket lycklig.
Det är inte många förunnat att möta sin tvillingsjäl, men
jag hade gjort det.

Till våren åkte vi för första gång till det som skulle bli
vårt andra hem.
Bara att flyga var nytt för mig, men med Fredde vid min

sida skulle jag kunna gå med på allt.
Han höll tryggt min hand när planet accelererade och
lämnade svensk mark, men jag svävade redan.
Jag var så lycklig som jag bara kunde bli.

Barcelona hade pulsen vi önskade och vi försökte insupa
all atmosfär som denna storstad hade att erbjuda veckan
vi var där.
Jag var så stolt över min -i mina ögon- mest vackraste
man som fanns sidan om mig, när vi gick hand i hand på
stranden.
Hans solbrända överkropp visade förutom alla sina
tatueringar även alla de muskler han byggt upp hemma
på gymmet.
När han märkte att jag tittade på honom glittrade det till i
hans ögon och han ställde sig skämtsamt och poserade
som den värsta bodybuilder, och jag skrattade så jag
nästan tappade andan.
Gud vad jag älskade honom.

Sanden var varm under mina fötter och den kalla ölen
svalkade ner våra solvarma kroppar när vi på
eftermiddagen satt på uteserveringen och vilade efter vår
långpromenad.
Förstrött tittade vi på folket som låg och solade och
badade, och jag njöt över att vi även kunde vara tysta
tillsammans.

I Barcelonas gröna oas sökte vi skugga när värmen blev
för hög, och det var i Parc de la Ciutadella som Fredde
första gång sa att han älskade mig.
Parken var full med folk men jag såg bara Fredde.

Jag var så kär och lycklig när jag ställde mig på tå för att nå upp att pussa honom på munnen.

På onsdagen tittade vi på, Font Màgicas, den vackra fontänen, och hade verkligen lust att kasta oss i och svalka oss i det svala vattnet.
Det sprutade och stänkte på oss och när vi satt på fontänkanten.
Det var skönt och behaglig då temperaturen i luften var runt 32 grader att få de små vattenstänken på kroppen.

Fredde fyllde sina stora händer med vatten och baddade sitt ansikte och stänkte sen ner mig med ett skratt.
Med ens blev han allvarlig.
Han grävde med handen i fickan i sina jeansshorts, och tog upp den släta ringen som han i smyg hade skaffat.
Jag fullkomligen tappade andan och var så lycklig, och torkade tårarna när Fredde satte på ringen på mitt ringfinger.
Graveringen i ringen visade dagens datum och jag insåg att han måste ha planerat detta ett tag.
Det kändes lite konstigt med ringen på fingret, men jag konstaterade med ett leende för mig själv under middagen på kvällen, att jag absolut kunde vänja mig vid den.

Vår förlovning togs emot med glädje av både min mamma och pappa.
Jag tror att de kunde se den djupa och äkta kärlek som jag och Fredde kände för varandra och hade tagit emot Fredde i familjen med öppna armar från nästan första början.

De visste om åldersskillnaden mellan oss men nämnde aldrig den som något negativt.

Den gråa vardagen kom och mötte oss när vi kom hem från flygplatsen och bestod av jobb, hästmockning, spelningar och turnéer. Freddes band hade fått en del spelningar och vissa perioder var han borta flera helger i rad.

Jag saknade min livskamrat och vi försökte ringa varandra så fort vi hade tillfälle, och min mobil var full av söta och romantiska SMS som vi skickade till varandra.

Kunde jag få ihop det med jobbet så följde jag gärna med när bandet spelade och snart kunde jag alla deras låtar utantill.

Jag satt ofta och tittade på min hårdrockare och nynnade med i låtarna och älskade det liv som jag hade fått, och bandet blev till viss del som min andra familj.

Men allt var inte glamouröst i det livet.

Jag hade lite svårt för en del saker, och en sak var det att man ofta betalade bandet med öl och sprit.

Det störde mig en hel del.

Lite pengar, hotell och fri dricka i baren, och kylarna fulla i backstagen av öl, vin och sprit blev vanligt varje helg, och efter giggen när det var party och alkoholen flödade, så var jag nog rätt säker på att det även var mer än alkohol i bilden.

Men jag litade på Fredde…min tvillingsjäl….han skulle aldrig blanda sig med något sådant.

Vin och öl tackade han inte nej till, men där gick gränsen för honom.

När våren kom igen så var det riktigt skönt när vi satte oss på flyget igen till vårt Barcelona.
Resan hade vi beställt i november och varje dag drog jag ett streck i almanackan och bara längtade till den stora dagen.
Hösten och vintern hade varit både lång och kall och vi behövde fylla våra kroppar och ladda upp våra batteridepåer med sol och värme.

Det kändes overkligt att lämna kylan, för att några timmar senare ta på sig de tunna sommarkläderna.
Återigen gick vi våra långa strandpromenader hand i hand och hade härliga sovmorgnar i ett soldränkt sovrum.
Rummet var litet men hemtrevligt och hotellet hade den vackraste utsikten som fanns från den stora takterrassen.
Fredde masserade varsamt in sololjan på min rygg vid hotellpoolen, och solen brände ordentligt på min bleka vinterhud.
Minusgraderna och vinterstormarna i kalla Sverige var ett minne blott där jag nu fick ta lite skydd under parasollet.

Fredde kom leende med två tallrikar, och i den tidiga eftermiddagen var det riktigt gott med toasten som låg ångande varm på tallriken.
Inte förrän på kvällen var luften så pass lagom så vi kunde lämna pool och solskydd.

Penedès stora vinområde lockade med gudomligt god Cava som vi njöt i solnedgången under hibiskusträden.

Så långt det gick att se syntes bara de långa raderna av vindruvsbuskarna. Och där i de lummiga lundarna, när Fredde pussade mig på pannan glömde jag bort min oro alla för de gånger Fredde kommit hem från ett gig och var ordentligt full, eller över de morgnar som han var tvungen att starta med en öl för att han mådde så dåligt, och när han i kyrkan Sagrada Família med de vackra tornen och tinnarna, lovade att vi skulle leva resten av våra liv tillsammans då svävade jag på rosa moln.

Min tvillingsjäl.
Min livskamrat som jag ville ha barn med, och leva lyckligt med resten av mitt liv.
Han med det vackra långa håret och de glittriga ögonen när han hittade på något bus.
Han med den solbrända muskulösa kroppen och den ljusa rösten, och han med de mjuka händerna, som en kväll i mörkret sa att mitt ena bröst kändes konstigt.

Dimma.
Mörker.
Förnekelse.
Jag hamnade i en låtsaskoma, ett grått stadium, ett vakuum.
Jag såg och hörde, men varken såg eller hörde.
Mina ben gick åt ett håll, men jag visste inte vart jag skulle.
Jag var oförmögen att ta in.

Information filtrerades i en grovmaskig sil, och endast den lilla slatt som var kvar i botten var den information

som jag var förmögen att hantera.
Jag skrek, men min mun var alldeles tyst.
Jag skakade, men jag var helt förlamad och paralyserad.
Jag grät, men inga tårar syntes på mina kinder.
Det måste vara något fel.
Sköterskan måste ha blandat ihop mitt prov med någon
annans.
Det måste vara fel på proven.
Javisst! Så måste det vara!
För jag är ung…och ska ha barn någon gång…vad menar
de då med att jag kanske inte kommer att kunna få
barn…klart jag och Fredde ska ha barn…vi är ju så unga
och älskar varandra….varför pratar de om cancer hela
tiden…cancer får man när man är gammal….men jag är
ung, och kan inte få cancer.

VAD FAN MENAR NI MED ATT JAG HAR
CANCER?

CANCER!

Juni

Vi hade varandra och skulle verkligen fixa det här.
Tårarna kom till slut och sköljde ut all frustration och
förnekelse, och Fredde höll om mig med ena armen.
Han tröstade mig samtidigt som han drack ur sitt vinglas
och öppnade nästa flaska.
Jag hoppades att det skulle bli det sista glaset för kvällen,
men anade, och visste nog innerst inne att han inte skulle
sluta förrän även denna flaska var tom.

Mycket information gick genom olika filter i huvudet.
Jag försökte att inte tänka så mycket, och därför
motarbetade hjärnan mig med att tänka så mycket jag
kunde.

Vi försökte leva våra liv som vanligt i all denna
information och ovisshet och väntade bara på att
behandlingen skulle börja.
Jag var så inne i mig själv och behövde Fredde mer än
någonsin för att över huvud taget kunna stå och gå framåt
med mina ben och min kropp, som verkade vara
förankrade i stora betongklumpar.

Fredde höll på att repa som vanligt med sitt band och vid
denna tidpunkt höll de på att spela in sin nya platta och

han tillbringade mycket tid i studion.

Jag hade inte sett honom så mycket och saknade honom och hans närhet.

Jag saknade hans armar och kramar som lyfte mig när det kändes som att jag skulle drunkna.

En vanlig lördag innan han skulle iväg och repa med bandet gick han in i duschen och tog därefter andra kläder på sig än vad han normalt brukade ha när de bara satt i studion.

Jag tittade på honom och reagerade lite när han även tog smyckena på sig som han bara brukade ha vid fester.

Jag undrade lite över detta och han svarade snabbt med att det var ju lördag och han kände för att vara lite fräsch. Han pussade mig på munnen och sa de där orden som värmde så mycket. -Jag älskar dej! Vi håller på några timmar men vi hörs sen.

Jag tittade på klockan och den visade 12 och jag förberedde mig för några timmar i min ensamhet.

Klockan sju på kvällen hade han varken kommit hem, ringt eller sms:at som han brukade göra vid förseningar. För femte gången ringde jag hans mobil men den var avstängd, som den brukade vara vid inspelningar.

Jag startade TV:n och sjönk ner i soffan för att vila lite inför release-festen som skulle vara senare på kvällen.

Det hade varit en lång och tuff vecka så jag såg verkligen fram emot att få skingra tankarna lite och träffa lite folk.

Klockan halv tio på kvällen stod jag klar. Jag var nöjd med mitt klädval och med den nylagda makeupen såg jag mycket piggare ut.
Fredde hade fortfarande inte kommit hem och telefonen var fortfarande avstängd och nu började jag bli orolig.
Hade det hänt något när han cyklade hem? Hade han trillat och skadat sig?
1000 tankar började snurra runt i huvudet på mig.

Jag satte mig i bilen och körde bort till bandets replokal för att mötas av en låst dörr.
Inga bilar eller cyklar stod utanför och när jag ställde mig på tå för att titta in genom det dammiga fönstret såg jag att lamporna var släckta där inne.
Troligtvis hade det dragit ut på tiden och att de stuckit ner till pizzerian för att käka lite.
Jag började ringa till några i bandet men inte heller de svarade, men till slut svarade Micke som var trummis i bandet.

– Jag är på väg till partyt, de andra är redan där svarade han med andan i halsen, och jag fattade ingenting alls.
Varför skulle Fredde åka dit utan mig, och utan att säga något?
Jag bad Micke att säga till Fredde att han skulle ringa till mig för jag måste få prata med honom.
Jag var chockad.

Jag åkte hem istället för till partyt.
All luft har gått ur mig och det kändes som att jag skulle kräkas.
Vad hände?

Något är fel.
Fredde skulle aldrig göra så.
Bara att stänga av mobilen och gå själv på en fest som vi
skulle gått tillsammans på är så långt från den Fredde
som jag kände.
Vad fan hände egentligen?

Natten var ljummen...och lång.
Jag dåsade till i soffan och ryckte till vid varje ljud jag
hörde.
Jag gick upp och tittade ut i månskenet på gatan.
Bara jag, mina tankar och min oro.
Ingen Fredde.
Jag hörde nattbussen bromsa in på sidogatan och tänkte
att det var nog den Fredde skulle komma hem med då det
var den sista innan den senare morgontrafiken började
köra igång.
Jag satte mig på trappsteget och väntade. Hörde bussen
starta och accelerera...och jag väntade.
När 10 minuter hade gått förstod jag att han inte hade
suttit på den bussen.

Jag var helt slut i kroppen och helt slut mentalt, och all
luft hade gått ur mig.

Det var söndag eftermiddag och jag hade målat upp alla
tänkbara och otänkbara händelser och scenarier inom
mig.
Vad var detta?
Vad har hänt?
Tusen frågor virvlade runt i huvudet och jag kunde inte ta

mig för att göra något utan gick bara omkring runt i huset.

Sms:et pep till i mobilen och jag ryckte till så häftigt att jag spillde ut lite av min kopp med mitt vaniljte.
"FÖRLÅT MEJ, JAG ÄLSKAR DEJ. JAG VET INTE VARFÖR JAG GÖR SÅ HÄR. VILL DU ATT JAG SKA KOMMA HEM?"

Visst fan ville jag att han skulle komma hem!
Vi måste ju prata!
Och sen gjorde jag det jag gjort det mesta av förra dygnet...jag väntade....och väntade.

Sent på kvällen hörde jag dörren öppnas. Hundarna skällde men blev snabbt tysta när de såg att det bara var deras husse som stod ute i hallen.
Han undvek ögonkontakt med mig och tittade ner i golvet.
Stirrade bara på något osynligt på golvet.
Andades tungt, och jag bara väntade på att han skulle börja prata.
Jag kände spritdoften men såg hur han ansträngde sig för att dölja att han var märkbart berusad.
Hans historia var vidrig, och jag kände mig kräkfärdig när jag såg honom känslokall stå och rabbla upp något jag förstod han hade övat in en lång stund.
Men han berättade sanningen i alla fall....och jag var helt tom.

De hade planerat att de skulle säga till mig att repan blev sen, och att de skulle åka på festen utan mig.

Han skulle ta sista bussen hem och låtsas att de hade spelat in hela kvällen och det var därför mobilen var avstängd.

– Men varför?

Varför Fredde?

Jag viskade fram frågan, och kunde inte själv hitta en logisk förklaring.

– Vi ville inte ha med dig för att du har cancer. Du skulle säkert förstört hela stämningen om du varit med.

Jag bara gapade.

Givetvis var det inte hans idé, utan det var några av de andra i bandet som tyckte så, och då jag hade börjat efterlysa honom nästan innan han kommit in på releasepartyt tyckte han att han lika gärna kunde supa skallen i bitar och bara försöka glömma bort mig.

Han skyllde på att det varit så mycket spänning och oro, men han lovade att han aldrig skulle göra något så korkat igen och med sina starka armar om mig och med gråt i halsen sa han gång på gång att han inte kunde leva utan mig.

Jag tittade på min tvillingsjäl, min framtid, mitt allt, kapitulerade…och förlät honom.

Juni

Stallet hade förut varit mitt andra hem men snabbt tog sjukhuset över dess plats.

Jag var öm i armvecken av alla nålstick och väntade med

fasa på resultaten…som kom rätt snart.
Vadå en allvarlig sort?
Finns det flera sorter?
Ska jag inte bara få cellgift och strålning?

Operation?
Snart?
Hur snart?
Nu?
NU???
Typ NU?

Jag skakade och var helt oförberedd på detta som
sköterskor och läkare träget försökt förbereda mig på.
Jag hörde att de pratade men jag förstod inte orden.
Jag höll krampaktigt i Freddes hand, precis som att allt
skulle gå lättare in.
Han klappade mig på ryggen, och jag klamrade mig fast
vid honom när han tröstade mig och lovade att detta
skulle gå bra.
-Detta fixar vi. Jag finns hos dej hela tiden.
Och jag kände mig lite lugnare av hans armar runt mig,
hans lugna röst och de tröstande orden.
Detta skulle vi fixa…jag och min tvillingsjäl

Operationsdag.

Jag hade inte ätit något, men tror inte att jag kunnat få i
mig något även om jag hade fått. Jag var nervös och
orolig när jag stod inne på toaletten och tvättade mig med

svampar och tvättlappar och läste de tillhörande
instruktionerna.
Jag mötte mina ögon i spegeln och såg att de var röda
och svullna över alldeles för lite sömn och kom på att den
sista gången jag tittade på klockan på natten var den
02.27...men snart skulle jag få sova...men alla vaknar
inte....klart man vaknar efter narkosen....men alla gör
inte det.
Jag slog bort hjärnspökena som började ta över i mitt
huvud.

Fredde skulle sticka iväg tidigt och spela med bandet
men han pussade mig på pannan och lovade att han
skulle komma till sjukhuset senare på kvällen och hälsa
på mig, och strax därefter kom Irene och skjutsade mig
till sjukhuset.
Jag hade så gärna velat att Fredde skulle vara hos mig.
Jag var rädd och nervös och jag ville bara att han skulle
hålla mig i handen när jag somnade, och vara det första
jag såg när jag vaknade.
Men jag förstod.
Han måste öva med bandet.
Jag tog min väska och gick ut i den tidiga morgonen till
Irene och åkte iväg till sjukhuset.
Det var dags.

Jag vaknade.
Och önskade i samma stund att jag inte skulle ha gjort
det.
Jag hade ont överallt.
Jag kraxade efter vatten då min hals sved av
andningstuben som gett mig luft under hela operationen.

Mitt bröst stramade och gjorde ont och sköterskan lutade sig över mig och tittade ner i den mindre sexiga särken och kontrollerade så att bandaget inte hade blött igenom. Hon tittade på monitorn och tryckte sen in en dos med morfin för att jag skulle uthärda smärtan. Manschetten på min överarm blåstes upp och trycket fick det att göra mer ont i min lilla sköra kropp.

Jag dåsade, och slumrade i en drömlös dvala, och jag grät, men vet inte om det var i en fantasidröm eller om det var på riktigt.

Det var ganska sent innan Fredde äntligen dök upp. Jag blev glad, men det utbyttes snabbt till besvikelse då jag kände en svag doft av alkohol om honom. Kunde han inte vara nykter när han kom in till mig på sjukhuset? Måste han vara småfull när jag precis blivit opererad? Jag mådde lite illa av doften från hans andedräkt. Han frågade hur det hade gått och gäspade samtidigt ljudligt. Han flyttade bort rullbordet där min halvätna ostsmörgås låg på ett fat, och kröp upp i min sjukhussäng. Jag började berätta om operationen men hörde att han efter några minuter snarkade. Återigen kände jag besvikelse.

Sjuksköterskorna blev lite irriterade när de kom in för att titta till mig och såg honom sova i min säng, med alla sladdar och slangar runt omkring, och efter en stund väckte de honom och sa att det nog var bäst att han lämnade rummet.

Jag var så ledsen….och ensam.
Jag ville ju ha honom hos mig.
Jag ville att han skulle bry sig om mig, tycka synd om
mig, älska mig.
Alla andra på avdelningen hade någon hos sig eller haft
under dagen.
På deras bord stod det krya-på-dig kort och nallar.
En mormor fick färgglada teckningar som stod lutade
mot vattenbringaren och vid en annan säng hängde en
rosa ballong i sitt snöre…men hos mig var det tomt…och
tyst…och ensamheten gnagde i mig, och jag drog täcket
över huvudet…och grät.

Dagen efter kände jag mig lite bättre.
Med smärtstillande och en insomningstablett så sov jag
hyfsat bra under natten, och vid lunch kom Laila och
Irene för att pigga upp mig.

Laila sträckte fram en liten ask och i den mjuka
sammetsbotten låg ett halsband med en vacker ängel som
jag genast satte på mig, och än i dag har på mig.
Det var skönt att skingra tankarna och det var riktigt
förlösande att få unna sig att skratta, och mitt i allt elände
faktiskt få må lite bra.
Timmarna gick fort, men när sköterskorna kom med min
bricka kvällsmat reste sig Laila och Irene för att gå.
Deras försiktiga kramar värmde mig och jag kände mig
stärkt efter deras besök.

Från Fredde hörde jag inget förrän sent på kvällen.
Jag blev glad när jag såg hans namn på displayen när
mobilen ringde, men jag hörde direkt på rösten att han

var sliten.

Han påstod att han varit så ledsen när han kommit hem
efter sjukhuset dagen innan och varit tvungen att dricka
en flaska vin när han kom hem, och sen så hade han sovit
hela dagen, och nu var han tvungen att sticka till
replokalen och fixa lite grejor men längtade till
morgondagen då vi skulle ses igen.
Med ett puss la han på luren, och jag satt återigen med
min besvikelse.

Utskrivning.
Lycka.
Frihet.
Tänk att få komma ut i sommarluften.
Få höra fåglarna.
Se friska människor och folk utan vita rockar.
Slippa slangar, och pipande maskiner.

Då bilen var på reparation kunde inte Fredde komma och
hämta mig men Laila ställde gärna upp som chaufför och
jag var så lättad när jag satt i hennes välstädade Skoda
och pratade om hennes jobbyte till hösten.
Det var skönt att stänga inne cancer och sjukdomar
längre bak i medvetandet, och bara få dela andras lycka
istället.

Hon släppte av mig ute på gatan och jag hängde försiktigt
väskan över axeln.
Jag öppnade ytterdörren och möttes av glada skällande
hundar som hälsade mig välkommen hem och tog ut
handen för att hälsa och klappa dem.
Jag kunde inte böja mig ner då det stramade vid stygnen.

Snart märkte jag en instängd doft av gammal öl och cigarettrök, och lite förvånad var jag då vi hade rökförbud inomhus, och när jag höjde blicken såg jag att vardagsrummet såg ut som ett bombnedslag.
Fredde kom ut från sovrummet och jag såg att han var sömndrucken och förstod att hundarna hade väckt honom.
Han log och såg riktigt glad ut när han såg mig och kom fram för att ge mig en kram. Jag gav honom en liten vink om att han fick ta det försiktigt då jag hade ont, så istället tog han min hand och ledde in mig i sovrummet och bäddade ner mig i sängen.

Jag var så glad över att vara hemma och både smärtan och de smärtstillande tabletterna gjorde mig riktigt trött, och innan jag hann börja kommentera röran i huset så hade jag somnat med en hund på min arm.

Jag sov det mesta av den dagen men framåt kvällen väckte Fredde mig med en puss på kinden.
Det doftade gott av curry och korvgrytan, och jag var för första gången på flera dagar riktigt hungrig.
När jag kom upp och satte mig i matrummet såg jag att det var städat och diskat, och jag började känna igen min egen Fredde….han som var min tvillingsjäl.
Han såg lite trött och sliten ut men han log när jag tittade på honom och för första gången på rätt så länge hade vi en mysig middag tillsammans.

Jag berättade om operationen som hade gått bra, och vi såg positivt på framtiden, och jag föreslog att vi kanske skulle kunna ta en runda till Barcelona när jag blivit lite starkare.

Fredde ryckte till lite och berättade att han om ett par dagar skulle på ett gig i Italien.

Han skulle bara stanna några dagar efter att de andra i bandet åkt hem för promotion av den nya skivan.

Jag ville bara skrika för jag var så besviken.

Jag hade nyss blivit opererad, sydd och hade ont överallt och ville bara ha honom omkring mig.

Kunde han inte bara finnas till där för min skull?

Jag var för svag för att börja bråka, så jag svalde, och tänkte att några dagar skulle jag väl klara mig själv trots allt.

Juni

Jag var så ledsen när Fredde tidigt på morgonen stod med sin väska vid dörren.

Jag ville ha honom hos mig...min tvillingsjäl...han som jag skulle leva lyckligt med resten av mitt liv...men just då kände jag mig inte lycklig.

Samtidigt skämdes jag för att jag var egoistisk.

Jag förstod att dom var tvungna att åka, och jag ville det, för jag ville att det skulle gå bra för bandet, men varför måste just Fredde stanna kvar?

Kunde verkligen ingen annan ha stannat?

Han kramade om mig och gav mig en snabb puss när Micke tutade med sin van ute på gatan.

– Jag slår en signal efter spelningen, sa han och tog väskan och gick ut genom dörren.

På eftermiddagen koncentrerade jag mig på stallet för att skingra tankarna.

Celtic sprang fram mot mig och la sin mjuka lena mule på min axel.
På min hals kände jag hans varma andedräkt och jag klappade honom mjukt över manen.
Han tittade på mig med sina stora mörka ögon och jag kände hur jag fylldes av energi där vi stod ute på ängen i den lite gråa men varma dagen.
Jag viftade bort flugorna från hans ögon och gick för att fylla på vattenkaret.

Det pep till i mobilen dagen därpå och jag blev glad när jag såg Freddes namn på skärmen.
Spelningen hade gått bra och nu skulle han vila lite och sen hugga tag i promotion.
De andra skulle åka hem på kvällen och han skulle höra av sig när han var klar, och avslutades med det vanliga hjärtat som han brukade skicka. Och sen var det tyst.

Och tyst.
Och mer tyst.
Och ännu mer tyst.
6 DAGARS TYSTNAD!

Jag var både ledsen, arg och orolig på samma gång.
Inga av mina samtal eller SMS besvarades, och hade det inte varit för att några killar i bandet hade pratat med honom, så hade jag ringt till polisen.
När telefonen pep till hoppade jag riktigt till och hoppades att det var han.

KAN DU HÄMTA MIG PÅ FLYGPLATSEN I EFTERMIDDAG 15.15 <3

Bältet fick det att ömma lite över såret och jag hittade en tröja i baksätet som jag satt emellan och körde sen de 3 milen till flygplatsen.
Ilskan jag kände när jag fick SMS:et över hans nonchalans hade dämpats och jag längtade till att få se honom igen.

Jag hade tagit på mig min blommiga klänning i viskos som jag visste att Fredde tyckte om och lagt en lätt makeup, och håret lät jag vara utsläppt och hade efter dagen i en fläta blivit vågigt.
Jag kände lite pirr i magen när jag såg dörren öppnas och folk strömma igenom med sina väskor.
Jag kände knappt igen honom.
Han var blek och skäggig och helt svart under ögonen, och man skulle kunna tro att han blivit 20 år äldre på de 8 dagar han varit borta.
Han sa bara att han var sjuk och ville hem och sova, så vi gick bort mot parkeringen och körde hem.

Han gick och la sig direkt.
Jag satte mig på sängkanten och frågade varför han inte ringt, eller svarat på mina samtal?
- Börja inte bråka, väste han mellan sammanbitna tänder.
Jag är så jäkla trött, vi får prata sen!
Och sen vände han sig om och drog täcket över huvudet.

Jag ryggade till.

Så hade jag aldrig vare sig sett eller hört Fredde, och jag kände inte igen honom. Och det var nu helvetet började.

Jag stod i köket och diskade undan lite disk när jag hörde honom kalla, och jag öppnade dörren och hoppades på att han skulle vara på bättre humör.

Jag var fortfarande lite skärrad av hans hårda kommentar bara ett par timmar tidigare.

Men det var ingen arg och otrevlig sambo som låg där, utan en ynklig människa som skakade så hela sängen skakade.

Jag gick fram till sängen och frågade vad som var fel.

– Jjjjag fryyyyyyser, huttrade han mellan tänder som skallrade.

Han tittade mot mig men jag kunde inte få ögonkontakt med honom.

Det kändes som att han inte kunde fokusera sin blick och hans irrande blick påminde om ett rådjurs i strålkastarskenet.

Jag tog mitt täcke och la det ovanpå hans eget och la mig försiktigt sidan om och klappade och smekte honom på armarna och ryggen för att frottera honom varm.

– Vad är det för fel? Vad händer? frågade jag och började känna mig lite orolig.

– Jag är sjuk, svarade han mellan skakningarna utan att titta på mig.

Jag fortsatte stryka hans armar och kände att han efter en liten stund lugnade ner sitt skakande.

– Jag mår illa, kved han och jag hann precis ta papperskorgen som jag hade sidan om sminkbordet vid sängen innan han började kräkas.

Hans kropp började skaka igen mellan kräkattackerna. En stund senare slet han av täckena. Svetten började pärla sig i pannan på honom och jag såg att hans ljusgråa tröja började få en mörkare färgnyans, och snart hade han stora svettfläckar i nacken och armhålorna.

– Öppna fönstret, nästan skrek han, och jag for upp så snabbt jag kunde med min nyopererade kropp och öppnade de båda fönstren på vid gavel.
Ute hade det börjat skymma och i tallen satt en koltrast och sjöng och fick svar från en annan koltrast lite längre bort.
Han slet av sig kläderna och jag hämtade blöta handdukar som jag la på hans muskulösa men svettiga kropp för att svalka av den.
Han somnade av utmattning men drömde. Det var oroliga drömmar eller drömmar fulla av fasa för han for av och an i sängen. Ibland vaknade han upp och tittade på mig utan att se, och bad mig att hjälpa honom, och jag gjorde så gott jag kunde med mina våta handdukar.
Natten blev orolig.

Fredde kastade sig hit och dit i sängen och grät flera gånger, men runt 4 på morgonen somnade vi in djupt av utmattning och spänning.

Klockan 8 vaknade jag av att Fredde kräktes igen, och jag gick upp för att ge hundarna mat och släppa ut dem i trädgården.
Jag hade hoppats att han skulle vara piggare men läget var som kvällen innan.

Stundtals var han i alla fall kontaktbar och jag passade på att flytta på honom i sängen så att jag kunde byta ut det dyngsura lakanet mot ett rent och torrt.
Jag var orolig och förtvivlad och hade knappt ork till att ta hand om både Fredde, mig själv, hundar och Celtic som turligt nog stod ute på sommarbetet.

När Fredde på eftermiddagen fortfarande inte visade tendenser på tillfrisknande ville jag ringa till en läkare, men Fredde blev helt vansinnig och han fick mig att lova att jag absolut inte skulle ringa någon läkare. Ingen jävla läkare skulle komma hit, för han var inte sjuk…bara trött och behövde vila.

Det var då en flyktig tanke kom flygande…var det kanske sprit…eller kanske något annat med i bilden?
Den flyktiga tanken kom, men jag schasade iväg den snabbt.
Klart att det inte var det.
Jag kände min tvillingsjäl och visste att han inte sysslade med något…visst…han drack en del….lite för mycket….tills att det tog slut….eller tills han tog slut….men nej….jag kände min tvillingsjäl.

Dag 3 var repris men till slut kom vändningen på eftermiddagen.
Han kunde sitta vid bordet och fick i sig en halv rostad macka och hade druckit en liten kopp te och jag tog försiktigt upp min oro som jag haft för honom de senaste dagarna.
Hans bortförklaring var att han hade ätit dåligt under resan och druckit lite för mycket i kombination med att

han sovit för lite.

– "Älskling, jag lovar, jag ska aldrig mer dricka en droppe! Jag älskar dej jättemycket och kan inte leva utan dej. Jag lovar. Mobilen hade laddats ut så jag kunde inte ringa. Men jag tänkte på dej varenda minut. Jag älskar dej jättemycket!"

Han tog min hand och drog mig mot sig.

Jag satt ytterst på hans knä och kände hur jag bara älskade honom.

Jag tyckte uppriktigt synd om honom för all lidande han fått utstå den senaste veckan. Han var förlåten, och nu denna gången skulle allt bli bra igen.

Juli

Fredde blev piggare och följde mig till stallet för att hjälpa mig med de tunga lyften som jag hade lite svårt att klara av.

Jag hade fått min piccline inopererad i armvecket och den stora klumpen gjorde mig orörlig i vissa rörelser och gjorde ont.

Jag tittade på honom där han gick med svettig överkropp. Han hade gått ner flera kilo men höll sakta men säker på att äta upp sig.

Han var lite för mager, men i mina ögon var han den sexigaste och snyggaste kille som fanns.

Han såg att jag tittade på honom och spände sina armmuskler, poserade och skrattade sitt skratt och fick det där glittret i ögonen som jag tyckte var så charmigt hos honom.

Jag skrattade och njöt av vår dag i solen.
Efter slitet i stallet satte vi oss utanför på bänken och
vilade våra ryggar mot den vitputsade väggen.

I en trädgård lite längre bort hördes plask och barnskratt,
och jag viftade bort flugorna som envist surrade runt
ansiktet på mig.
På avstånd hörde vi att det mullrade och jag längtade
faktiskt efter en riktig urladdning då det varit två mycket
varma och klibbiga dagar.
Vi satt och pratade om den lilla turnén som bandet skulle
ha i Skandinavien och vi bestämde att jag skulle åka med
denna gången.
Jag skulle snart påbörja min cytostatika-behandling och
jag visste att detta skulle bli den sista gången på mycket
lång tid som jag kunde åka någonstans.
Mediciner skulle sprutas in i min piccline för att slå ut
cancercellerna, men jag hade fått förklarat för mig att
även mina friska celler skulle komma att slås ut, och att
jag troligtvis kom till att få infektioner och känna av
biverkningar som var vanliga.
Skulle det finnas någon lucka för att följa med vid
spelning, var det nu innan behandlingen började.

Jag kände mig lite hängig och ville inte vara ute bland
publiken som jag brukade vara, utan tillbringade mycket
tid backstage och stod sidan om kollade när Fredde och
bandet spelade sina låtar som jag nu kunde utantill.
Jag var så stolt när jag tittade på honom, men kände
samtidigt ett sting av avundsjuka när tjejerna skrek och
ville att killarna skulle ta på dem och krama dom.

Jag satt där på min stol och reflekterade över de unga tjejerna.

Omyndiga.

Knappt påklädda.

Utmanade.

Gick deras föräldrar verkligen med på det?

De tiggde cigaretter, sprit och droger av alla som kom i närheten, och erbjöd sexuella tjänster bara för att få vara med någon i bandet...eller med någon som hade med bandet att göra...det verkade inte så viktigt....bara de fick bekräftelse och uppmärksamhet.

Jag hade så många gånger sett de unga flickorna på efterfesterna.

Unga och osäkra.

Med en tuff attityd, men med ett otroligt dåligt självförtroende.

Jag hade så många gånger sett de börja klänga på killarna efter några groggar, för att till slut lämna rummet med någon som var så gammal så han skulle kunna vara deras pappa.

Jag hade så många gånger sett de sittandes på en trappa eller trottoarkant med nerspydd klänning, och förlorat den sista uns av värdighet och självkänsla som funnits i den unga kroppen.

Jag hade sett detta tidigare.

Jag visste precis hur det funkade, men där på min stol fick det en annan innebörd för mig.

Jag kände mig spyfärdig när jag såg hur de unga tjejerna förstörde sina liv.

Var fanns föräldrarna?

Saknade de inte sina barn?
Sina döttrar?

Om man har en 14-15-årig dotter och hon går ut nästan halvnaken och inte kommer hem över natten, reagerar man inte som föräldrar då?
Blir de inte oroliga då?

Cancern gjorde mig sjuk, men även övervuxen över en natt.

I Danmark gick spelningen jättebra och jag hade riktigt skoj.
Det var molnigt men varmt på festivalsområdet och jag satt på gräset på en filt lite längre bort och njöt av musiken.
Jag hade sett de spela flera gånger och behövde inte stå längst fram längre för att se och höra.
Det luktade gott av grilloset från matvagnen i närheten när bandet avslutade sitt uppträde med "It never happens."
Publiken klappade händerna och jublade och jag kunde för en stund förstå Freddes dragning till detta livet.

Det ömmade lite i armen men atmosfären och Freddes glada leende fick mig att glömma mitt elände för ett tag, och när vi satt på Ströget i Köpenhamn med en mjukglass och ett glas kall öl och skrattande kommenterade alla människor som gick förbi, kände jag för första gången på ett tag både glädje och framtidshopp....men det skulle vända.

När vi kom till Finland började jag må riktigt dåligt.
Hela min arm svullnade upp och jag förstod att det var
något som inte stod rätt till. Arrangören fixade en taxi
och jag åkte in akut till sjukhuset, och blev snabbt inlagd
för en propp i armen.
Skulle jag aldrig få vara lycklig?
Var jag tvungen att få all jäkla skit på samma gång?

Bandet hade sina spelningar bokade, och var tvungna att
åka vidare.
Tyst inom mig skrek jag, LÄMNA MIG INTE HÄR,
LÄMNA MIG INTE HÄR!

Jag var förtvivlad och grät, men förstod att de inte kunde
hoppa av sin turné så jag pussade Fredde hejdå…och
blev återigen ensam…fast denna gång i ett annat land.

Laila och Irene öppnade dörren på den röda Skodan och
hjälpte mig in.
Svullnaden hade gått ner efter ett par dagar, och läkaren
hade gått med på att skriva ut mig, och sagt att jag kunde
åka hem igen.
Där satt jag ensam i Finland och kände mig totalt
utlämnad, men Irene hade inte tvekat en sekund när hon
mellan mina gråtattacker i telefonen lyckades få fram att
de snart var på väg för att hämta mig.
Jag har nog aldrig känt en större tacksamhet till någon
förut.
De ställde upp direkt om det var något, och jag kunde lita
på dem vad som än hände.
Jag var så glad att jag hade dem och undrade lite hur jag
skulle kunna återgällda dem.

Jag puttade ner kolapapperna som låg på sätet ner på golvet och satte mig försiktigt tillrätta.

De tjattrade om färjan de åkt med kvällen innan och alla killar som bjudit upp dem på dans, och jag var glad att jag sluppit det, då mina danssteg sträckte sig till att hoppa på ett ställe och svänga med mitt långa mörka hår i takt till hårdrockstoner.

På eftermiddagen gick färjan tillbaka till Stockholm och vi tog plats vid ett bord i den stora restaurangen.
Det var liv och rörelse och ett sorl av röster när människor uppspelta kommenterade när den stora båten lämnade hamnen.
Jag hade inte någon större matlust utan nöjde mig med en kycklingsallad men njöt desto mer av det galna sällskapet jag hade hos mig, och som piggade upp mig en hel del och fick mig att förtränga min smärta men också besvikelse.
Klockan 21 var jag så trött efter alla skratt och gick ner i hytten för att sova….och sov gjorde jag nog innan fem minuter hade gått, och vaknade inte förrän Irene kallade på mig klockan 8 morgonen därpå.

Min mobil visade att jag fått ett SMS från Fredde där han skrev att han var orolig för mig och att han saknade mig.
Jag måste ha sovit rätt hårt för jag hade inte hört mobilen plinga till trots att den låg på det lilla bordet sidan om kojen vid mitt huvud.
Jag var ordentligt utvilad och glad för mitt sms så jag gick nöjd och gnolade med min tallrik och plockade hungrigt åt mig av den stora buffén som serverades i

restaurangen.
Laila och Irene planerade vem som skulle köra de olika
sträckorna de 7 timmarnas restid som vi hade kvar och
jag satt och bet på den sista knaperstekta baconskivan
och drack min kopp kaffe medans jag tittade ut genom
fönstret på vattnet som glittrade utanför och fiskmåsarna
som stilla gled med vindarna.

Det är tydligen ganska vanligt att man kan få proppar när
man satt in en piccline fick jag reda på, och med
skakande händer fick jag nu lära mig att själv ta sprutor
med blodförtunnande medicin varje dag.
Sköterskan övervakade och instruerade mig, men efter tre
dagar så hade den värsta nervositeten släppt för mig och
jag klarade det själv.

Fredde kom hem från sin Skandinavien-turné, och denna
gång i ett ganska bra skick.
Jag var glad och tacksam för det, men inom mig kände
jag att han mer och mer gled bort från mig.
Han var inte samma Fredde som jag suttit med på golvet i
vardagsrummet, eller som jag pratat hårdrock med timme
efter timme.
Det var spelningar, promotion och band som skulle ses,
och viktiga personer som skulle träffas, och mer ofta kom
han inte hem när han sagt att han skulle, och någon brist
på undanflykter hade han inte.
Han hade blivit för full och somnat, eller så hade mobilen
laddat ur sig.
Ibland hade musiken varit så hög så han hade inte hört att
jag försökt kontakta honom, och så kom den nya ursäkten

som var att han inte ville väcka mig och – "jag kommer ju hem."

Och visst gjorde han det, men verkade inte tycka att det var så viktigt att det var ett dygn senare än han sagt.

Juli

Det var inte klart.
Det skulle komma mer.
Mitt i sommaren kom nästa bakslag.
Det visade sig att de hade hittat konstiga knutor i min mage, och oron rev åter tag i mig.
Jag orkar inte mer!
Kunde det vara mer cancer som de missat?
Var det slutet nu?
Skulle jag dö?
Jag är för ung för att dö.
Det är bara gamla människor som dör.
Hur känns det att dö?
Gör det ont?
Jag vill inte dö!

Jag blev snabbt kallad på provtagning, ett enkelt prov som skulle göras över dagen, och oron och väntan gnagde återigen i mig.
Rev och slet i nerver.
Jag ville inte dö!
Jag var ju inte färdig med livet!

Jag hade så mycket framför mig!
Hela mitt liv höll på att rasa samman och jag grät
konstant.
Jag grät för cancern, och för mitt liv.
Jag grät för att mina drömmar rasade samma och för att
min tvillingsjäl var överallt utom där jag var, och jag
behövde honom.
Fanns det någon gång som jag verkligen behövde honom
så var det nu.
NU!

Mina drömmar rasade, och det gjorde även jag.
Jag visste inte riktigt vad som var sjukdomen och det
psykiska och fysiska med den, eller om det var
ovissheten med Fredde som fick mig att gå under, men
kroppen skrek efter hjälp.
Och hjälp fick jag.
En helt underbar personal på Onkologen ringde mig både
på morgonen och kvällen för att kontrollera hur jag
mådde och snabbt ordnade Katarina så jag fick kontakt
med en kurator som hjälpte och stöttade mig.

Och så kom svaret.
Provet hade blivit misslyckat och behövdes ta om.
Jag skulle bli tvungen att åka in igen, och denna gång
skulle jag läggas in.
Jag rasade längre ner i mitt avgrundshål som jag hade
runt mig vart jag än vände mig.

Provet togs, och dagen efter fick jag åka hem, men sidan
om mig i bilen, i vardagsrummet, i köket, ja överallt hade
jag ångesten som en närgången följeslagare.

Vart jag än vände mig hängde det svarta tunga molnet över mig.

Två nya mardrömsveckor väntade med min följeslagare, innan svaret skulle komma.

Ovissheten var vidrig och alla scenarier målades upp i mitt huvud...utan dom bra.

Läkaren skrev ut Stesolid mot min oro och ångest, och med insomningstabletterna blev de vita piller snart mina bästa vänner som gjorde att jag över huvudtaget kunde fungera någorlunda.

Jag var lite dimmig och dåsig men jag kunde i alla fall uthärda oron och ovissheten.

Till slut kom provsvaret och jag skakade av nervositet, och när jag fick beskedet trillade jag ihop i en hög och bara grät.

Jag var så lycklig.
Jag hade nästan gett upp.
Jag trodde inte att jag skulle kunna få några positiva besked nu när jag tyckte mig befinna mig vid branten av all jävelskap som livet kunde medföra.
Jag måste berätta för Fredde.
I ett glädjerus klickade jag fram hans nummer.
Jag måste berätta för honom.
Det är glada nyheter.
Måste dela detta med min tvillingsjäl.
Provet visade inget farligt.
Jag är så glad.
Tut-tut-tut-tut-tut.

Det tutade upptaget hela tiden.
Tut-tut-tut-tut-tut.
Jag ville ju dela detta med honom.
Jag stod ensam med min glädje.
Ensam.
Återigen ensam.

Juli

Dagen D började närma sig.
Operationen var avklarad, men det jag fasade för mest
var Cytostatika.
Första cellgiftsbehandlingen, och jag var livrädd.
Hela jag var svart eller vitt.
Visst skulle jag fixa detta...eller?
De flesta med cancer botas...eller?

Men mest tänkte jag på mitt långa hår.
Jag var så rädd för att förlora mitt långa mörka hår som
nu nådde ner till midjan.
Det var en stor del av mig...och nu kanske jag skulle
tappa den delen av mig.
Hur skulle jag klara mig utan det?
Jag hade alltid haft långt hår...och snart skulle jag
troligtvis inte ha något hår alls.
Jag hade varit och provat ut en peruk, men det fanns
inget som ens liknade mitt långa hårsvall som jag hade,
och jag fick nöja mig med en peruk som endast nådde en
bit ner mot axlarna.
Det kändes som att det kunde kvitta för jag tänkte ända
aldrig använda den.
Den var inte jag.

Fredde fanns hos mig.

Han var sidan om mig.

Kramade mig, höll om mig och grät med mig.

Han var hemma så ofta han kunde och det kändes som en lugn period...och jag behövde det.

Han var nykter när han kramade om mig när vi låg i soffan och jag njöt av att hans andedräkt inte stank sprit.

Jag njöt av att känna igen den gamla Fredde som jag varit så kär i....och som jag älskade.

Var hade han varit?

Men nu fanns han här. Sidan om mig.

Vi försökte leva som vanligt.

Försökte göra så mycket som möjligt på så kort tid som möjligt.

Ville inte missa något.

Tid var en bristvara, och en dyrbar sådan.

Vi visste inte om och när den i så fall skulle ta slut.

Mellan tårarna måste allt fungera som vanligt.

Cellgift.

Så sjuk.
Så jäkla sjuk.
Jag har aldrig mått så dåligt.
Redan några timmar efter den första behandlingen och
jag kommit hem, började jag kräkas.
Aldrig hade jag mått så illa förr, och mitt i min bön och
mitt rop efter att få leva, så ville jag bara dö.
Den röda spannen blev min trogna följeslagare och mina
ögonvitor var strimmiga av brustna blodkärl.
På kinderna dök små prickar upp av allt kräkande, och
huvudet dunkade.

De tre första dagarna var värst, men sen började
illamåendet trappas ner.
Då var jag så trött, svag och orkeslös att jag knappt
orkade ta mig in i duschen.
Laila kom och hade små matlådor och smörgåsar som jag
försiktigt började äta av, och Irene kom på lunchen och
tog en långrunda med hundarna.
Fredde som hade varit med mig så mycket i stallet visste
hur det mesta funkade där, och kunde fixa det som fanns
att göras.
Hästarna var ute på sommarbetet och det underlättade
mycket.

Jag saknade Celtic och hans mjuka mule mot min kind
och den femte dagen var jag så pass stark så jag kunde
sitta en stund på stallbänken mot väggen och njuta av
solen och fåglarna som kvittrade.

Två veckor sedan behandlingen.
Jag hörde regnet som droppade på fönsterblecket och jag
slog upp ögonen.
Det var skönt att ligga och dra sig, och jag drog upp det
tunna sommartäcket under hakan.
Fredde hade åkt till jobbet och en av hundarna låg ihop
rullad nere vid mina fötter och snusade gott.

Efter en stund kände jag att det var dags att gå upp och
drog bort täcket….och flämtade till.
Hela kudden var full av mörka långa hårstrån….mina
hårstrån….mitt långa hår.
Jag slet bort täcket och tittade chockat på det ljusgula
lakanet….MINA HÅRSTRÅN!!!!!
Det måste vara en mardröm.
Det fick inte hända.
MEN DET HÄNDE!!!!

Jag grät och mina händer skakade när jag tog upp handen
och kände på huvudet.
Jag fick en tuss i handen och såg när det trillade mot
golvet i slowmotion.
Det var hår överallt.
ÖVERALLT!!!
Hårbottnen värkte och det gjorde ont.
Riktigt ont.

Varför hade ingen talat om att det skulle göra ont.
Det gjorde ont i själen, men även ont fysiskt.

Jag kände mig äcklad av att se mitt långa hår ligga
överallt och fick dagen efter en tid hos frisörskan.
Hon drog över det svarta plastförklädet och spände det
vant i nacken med en klämma.
Tårarna trillade sakta där jag satt i stolen.
Hon bara snurrade ihop mitt hår i en svans....och bara
klippte.
För henne var det ett enkelt klipp, men för mig var det
som att tappa andan...och mina tårar rann ner för mina
kinder.
Det är en dröm...en stor mardröm....jag kommer att
vakna.
Men jag var så vaken som man kunde vara!

I spegeln visade hon min korta, tunna och glesa nya frisyr
i spegeln.
Den som jag bara skulle ha en kort tid innan det var dags
för det sista av håret att trilla av.
Jag kommer aldrig att vänja mig vid den korta längden,
och jag såg så trött och sliten ut.
Grå hy.
Mörka ringar under ögonen.
Jag nickade utan att le, och när hon sagt att hon inte tog
något betalt idag gick jag sakta ut genom dörren.

Andra behandlingen väntade och jag stålsatte mig för att
uthärda.
Uthärda illamående och kräkattacker.
Uthärda huvudvärk och orkeslöshet.

Uthärda aptitlöshet och mat som bara smakade järn.
Jag visste vad jag hade att vänta och jag våndades.

Andra dagen efter andra behandlingsstarten skulle Fredde
ut på en lång turné i USA.
7 veckor.
SJU VECKOR!!!!!!
Coast to coast....i 7 veckor!!!

Vi hade suttit ute i trädgården när han berättade det.
Han var så lycklig och pratade oavbrutet om att detta nog
var deras stora genombrott. Nu skulle de slå igenom.
Han skulle köpa ett snyggt hus i Sitges åt oss så vi kunde
åka till Barcelona när som helst.
Han älskade mig och ville leva resten av sitt liv med mig,
och så behövde han 10 000 kr.

Jag visste att han var glad.
Han skulle ju göra det som han tyckte var roligt.
Men jag var förtvivlad.
Tårarna rann på mig medan han fortsatte att pladdra på
om genombrottet.
Hur skulle jag klara mig helt ensam...i 7 veckor...nästan
2 månader?
Hur kan man bara åka ifrån sin flickvän som är sjuk i
cancer?
Gör man så?
Hade jag lämnat Fredde om han varit sjuk? ALDRIG
ATT JAG HADE GJORT DET!
Han tröstade mig med att han pratat med grannarna och
de skulle hjälpa mig med djuren....och så var det de där
med 10 000kr.

Han skulle ju köpa presenter till mig och en snygg ring
som bara gick att hitta i USA och så skulle det bara vara
ett lån.
Allt skulle betalas tillbaka när han slagit igenom.
Han log mot mig och pussade mig på pannan och jag såg
hans glädje.

Okej då.
Jag skulle knappt orka med mig själv och tyckte att det
var synd att begränsa honom.
När vi sen åkte till Barcelona skulle det vara min tid att
plocka ut lycka, så jag sålde Jettan som moster Cecilia
gett mig som en reservbil när hon drabbades av Epilepsi
och inte själv kunde köra....och pengarna hamnade på
Freddes konto.

Coast to coast.

Röd om ögonen efter kräkningar och gråt stod jag på
ostadiga ben i hallen framför Fredde.
Han stod med sina väskor, när Nicklas i bandet svängde
in framför huset och Fredde tog min hand.
Hans händer skakade och det kändes lite konstigt.
Det var något som inte stämde... men han sa att han
älskade mig.
Utan att titta mig i ögonen pussade han mig snabbt på
munnen och jag fick en konstig molande oroskänsla.
Jag var nästan säker.
Han tycker jag är ful.
Han tittade nästan aldrig på mig och jag misstänkte att
det var mitt kala huvud som störde honom.
I den tidiga morgonen stängde han dörren efter sig och
jag var återigen ensam.

Bandet skulle åka tåget till Stockholm för att träffa en
kompis och sova där, för att sen ta flyget från Arlanda
dagen därpå.
Sent på kvällen ringde Fredde för att berätta att bilresan
upp hade gått bra och att de precis hade ätit.
Jag blev jätteglad av att höra hans röst och saknade
honom redan.
Då kändes det som att jag aldrig skulle klara 7 veckor
utan honom.
Han lät lite påverkad så jag förstod att de festade lite nu
när de träffade sina kompisar, men jag önskade innerligt
att han skulle hålla igen lite.
Fredde lovade att han skulle ringa så fort han hade

möjlighet, och sen la han på med ett snabbt – Älskar dej, baby.

Jag satt på sängen med telefonluren i handen och skulle precis lägga på den när jag kastade en blick på nummerpresentatören.
Jag ryckte till.
Vad var detta?
Så här brukade det inte se ut när Fredde brukade ringa.
Hans nummer stod där som vanligt men före det stod +46. Landsnumret för Sverige!
Varför visades det?
Det brukade aldrig visas när man ringde från Sverige.
Men Fredde ringde från Sverige.
Han var ju i Stockholm.
Han hade ju åkt tidigt i morse.
Jag hade ju själv sagt hejdå till honom.
Jag ringde upp, men fick inget svar.
Varför svarade han inte?
Det var ju bara några minuter sedan vi pratades vid.
Jag SMS:ade och undrade var han var någonstans, men fortfarande inget svar.
Nu var jag både skitförbannad och ledsen, och undrade vad fasiken han sysslade med.
I morse stod han här hemma i hallen och sa att han älskade mig, och nu visade presentatören att han inte var i Sverige!
"SNÄLLA, JAG VET ATT DU INTE ÄR I SVERIGE. VAR ÄR DU?" skickade jag på mobilen...men det kom inget svar.

Allt var tyst.
Helt dött.

Den första veckan var det helt tyst.
Han svarade inte när jag ringde eller sms:ade.
Jag hade nerverna utanpå kroppen och vankade fram och
tillbaka.

Illamåendet hade lagt sig och jag funkade lite bättre och
var glad för att hästen och hundarna krävde min
uppmärksamhet så jag fick lite annat att tänka på,
samtidigt som jag inte kunde tänka på något annat.
Hur kunde det bli så här?
Var kom all elakhet från?
Hur kunde Fredde bara behandla mig så illa och vara så
elak?
Så helt känslokall!
Det skulle ju vara vi, resten av våra liv.
Helt tyst i mobilen....och jag hade ingen aning om var
han var.

Den andra veckan kunde jag se på bandets Myspace på
datorn att dom var i USA.
Folk skrev och tackade för en superrolig kväll, och
tjattrande tjejer som "JUST LOVE THE BAND."
Nu visste jag i alla fall att han levde, och troligen mådde
bra.
Jag pustade ut, men ju mer jag blev lättad, desto mer
förbannad blev jag.
Telefonen var helt avstängd och jag hade gett upp att han
skulle svara mig, men jag fattade fortfarande inte vad
som hänt, eller varför.

Myspace blev som ett gift för mig.
Timme efter timme satt jag inne på datorn och följde varje steg bandet tog, och granskade bilderna in i minsta detalj.
Det var min enda möjlighet att se att Fredde var i livet och att han mådde bra.
Det började trilla in lite bilder på honom, och jag följde Fredde när han spelade.
Fredde som tackade publiken.
Fredde som stod svettig med bar överkropp.
Fredde som höll om någon halvnaken tjej.
Fredde som hade en strippa i knäet, men även en bild med Fredde som såg ut som att han tog kokain.
Vad fan var detta?
Min Fredde kanske drack lite för mycket, vissa perioder, men knark?
Nej, sådant sysslade han inte med!
Jag måste ha missuppfattat.
Det kändes inte verkligt någonstans.
Kanske när man ser de stora amerikanska rockbanden, men inte ett litet band från ett litet skitland som Sverige.

Jag led.
Jag grät.
Jag kräktes.
Jag saknade.
Jag hatade.
Jag trodde aldrig att veckorna skulle gå, och visste inte vad som skulle hända efter att de gått.
Jag fattade ingenting.
Hade han någon annan?
Var Fredde och jag fortfarande ihop?

Skulle han komma hem, eller bara packa sina saker och
gå?

Den 6:e veckan kom ett mail.
Jag skakade och var livrädd när jag såg att det var från
Fredde, och ville öppna det och läsa, samtidigt som jag
var livrädd för vad han hade skrivit.
"JAG MÅR SÅ DÅLIGT, VILL BARA HEM.
SAKNAR DIG SÅ."

Jag var helt frågande.
Lycklig förstås, men helt på det klara med att Fredde
skulle få en hel del att förklara när han kom hem.
Återigen kom flipperspelet fram, där kulan åkte fram och
tillbaka.
Hur kan den som man lever tillsammans med, samtidigt
som han säger att han älskar mig, samtidigt vara den som
sänker mig?
Så gör man väl inte om man älskar någon.
Detta var inte den Fredde som jag lärt känna i stallet och
i Barcelona.
Den Fredde var snäll och omtänksam och ville mig väl.
Vad hade hänt med honom?

När Fredde varit borta nästan 7 veckor hade jag gått ner 8
kilo.
Stesolidtabletterna blev min bästa vän när
ångestattackerna kröp inpå, och hade det inte varit för
Irene och Laila så är jag inte säker på att jag orkat leva.
De tittade till mig, såg till att jag åt, och hjälpte mig och
peppade mig när det kändes som mörkast.

Mobilen pep till och jag tittade på displayen.
"KAN DU HÄMTA MIG PÅ FLYGPLATSEN. JAG
VILL HEM."

September

Jag var så nervös när jag satt på flygplatsen och väntade
så att jag skakade i hela kroppen.
Nervös, orolig och rädd för vad som skulle visa sig, och
för hur vår framtid skulle bli.
På tavlan som rapporterade om ankommande plan kom
noteringen upp om att planet skulle vara nästan en timme
försenat, och jag gick bort till kafeterian och beställde in
en kaffe och försökte lugna nerverna lite.

Folk strömmade genom dörrarna med sina resväskor och
jag höll utkik efter Fredde, och hoppade till när han dök
upp.
Han såg sliten och trött ut men log ändå ett snabbt leende
mot mig. – "Jag vill inte prata nu....vill bara hem och
sova. Kan vi prata i morgon istället....om det är okej för
dej?"
Hela jag ville bara be honom fara åt helvete, men
samtidigt saknade jag honom så fruktansvärt mycket.
Den gamla Fredde i alla fall.
Jag tänkte inte släppa det, men tänkte vänta tills i morgon
med att höra vad som egentligen hade hänt på resan.

Vi satt mesta delen tysta i bilen på hemvägen från
flygplatsen, och det kändes nästan lite befriande när jag
parkerade Fiaten utanför tomten och Fredde gick in.
Han slängde sin Adidas-väska på golvet i hallen och

rullade in resväskan i vardagsrummet, och kastade sig
sen ner i sängen och snarkade högt innan det gått 3
minuter.

Lite senare på kvällen satt jag i soffan och tittade på TV
då jag hörde honom vara uppe och spola vatten i kranen
för att dricka, men gick och la sig direkt igen.
När klockan var 23 och jag släckte min lampa hörde jag
igen att han tassade upp.
Det spolades på toaletten, och sen klirrade det i
köksskåpet när han återigen tog ett glas, spolade vatten
och ännu en gång drack, för att sen krypa ner under
täcket igen.
Han sa inget, utan vände bara ryggen mot mig.
När jag precis var på väg att somna kände jag att sängen
rörde sig och att han för tredje gången gick upp.
Ännu en gång hörde jag kranen, och sen hans tassande
steg i vardagsrummet, köket, sovrummet, köket för att
efter en stund återigen komma in i sovrummet.

Nu var jag klarvaken igen och tände lampan och frågade
om han inte kunde sova.
–"Jag e så jävla jetlaggad och tog ett glas vin för att
kunna varva ner."
Jag skulle precis sträcka min hand mot lampan och släcka
när jag såg en skugga under hans näsa, och tittade en
gång extra.
Precis då kände nog Fredde att det var något och drog
med fingret och höjde ögonbrynen när han såg att det var
blod på fingrarna.
Det bara forsade ur den högra näsborren och han sprang

ut i köket och tog papper och höll mot för att stoppa
näsblödningen.

När han legat på rygg i sängen 5 minuter hade det
fortfarande inte gett med sig.
Vad hände?
Någonstans i bakhuvudet blixtrade en sjuk tanke
upp....han kan väl inte vara så dum så att han tagit
kokain?
Nej, aldrig att Fredde skulle göra det!
Aldrig.
Eller?

September/Oktober

Det gick mer och mer upp för mig vad Fredde egentligen
sysslade med.
Det skrek abstinensbesvär om honom den kommande
veckan.
Som en vandrande vålnad vankade han av och an mellan
rummen i huset med täcket över axlarna.
Han pratade, men jag kunde inte urskilja vad han sa, och
när jag frågade vad han pratade om väste han bara att han
inte pratade med mig.
Han skakade och huttrade så han knappt kunde stå upp,
för att 10 minuter senare ligga på soffan efter att ha slitit
av sig tröjan och svettades så att det rann om kroppen.
Stundtals grät han och ville att jag skulle hjälpa honom
för att minuten senare bara ligga och stirra på en fläck i
tapeten utan att egentligen se.

Jag visste inte vad jag skulle göra.
Vad gör man?
Vart vänder man sig?

Jag googlade och letade på nätet och hittade många sidor om beroende av droger och alkohol och började ringa upp de som hade kontaktsidor.
Det var trevliga människor som svarade och som lyssnade på min historia, men det rådet de kunde ge, var att Fredde skulle komma dit till dem….om 4 dagar!
Det vägrade Fredde lyssna på. "Han var för fan inte beroende! Han skulle bara vila lite så skulle allt bli bra igen! Det var bara lite trötthet och inget annat! Han skulle FAN inte åka någonstans!"
Och mitt i allt detta elände fick jag även veta sanningen om Freddes första vecka.
Vid ett vaket tillfälle frågade jag honom varför det stod Sveriges landsnummer på presentatören, och han ryckte till.
Det syntes på honom att han sökte en förklaring som jag skulle gå på, men förstod rätt snabbt att han skulle ha väldigt svårt att bortförklara de tekniska bevis som jag hade.

Stammande berättade han att hon i Finland inte betydde något. De var bara kompisar som han skulle hälsa på när han ändå var i Stockholm.
Han blev röd i ansiktet när jag frågade om de varit tillsammans som mer än kompisar, och svaret slog mig i magen med sådan kraft att jag var tvungen att sätta mig ner.

MITT I ALL SKIT JAG VARIT MED OM SÅ VAR
HAN OTROGEN MOT MIG!!! JAG SÄLJER MIN
BIL...GER HONOM PENGARNA...OCH HAN ÅKER
IVÄG OCH ÄR OTROGEN MOT MIG....OCH
TRIPPEN TILL HENNE VAR PLANERAD!!!!

När jag låg på sjukhuset i Finland för min propp i armen
hade han träffat henne efter en av deras konserter.
Jag ligger jättesjuk på sjukhuset och han är tillsammans
med andra!
Jag var rasande!
Stammande bedyrade han, att hon inte betydde något för
honom.

De hade bara varit kompisar, men de hade blivit lite fulla,
och sen hade det blivit lite fel, och han skulle aldrig göra
något som sårade mig, och det var ett misstag, ett stort
misstag, och de var inte vänner mer, och, och, och....
Jag mådde illa.
Jag satt i soffan och tittade på honom.
Jag såg att munnen rörde sig på honom, förstod att han
pratade, men det han sa ville inte riktigt in, men när det
väl trängde in i mitt huvud bröt jag ihop.
Jag storgrät och hulkade, och ville bara slå på honom.
Han var ett svin...ETT STORT JÄVLA SVIN!!! JAG
HATADE HONOM!!! HUR I HELVET KAN HAN
BARA GÖRA SÅ MOT MIG!!!
Han for fram och kramade mig.
Smekte mig på ryggen och mässade Förlåt, förlåt, förlåt.
När han för sjunde gången lovade att det aldrig skulle
hända fler gånger, och att han bara älskade mig, förlät jag
honom.

Nu skulle allt bli bra.
Det lovade Fredde…och det trodde jag.

Too much love will kill you

It'll make your life a lie

Too much love will kill you

And you will not understand why

You'd give your life you'd sell your soul

But here it comes again

Too much love will kill you

In The End - In the End

Queen

Misstänksamhet.

Tiden gick men jag var extra misstänksam och observant.
Varje gång det pep till i hans mobil ryckte jag till och
kollade in honom och hans reaktion när han läste
meddelandet.
Jag kände igenom hans fickor på jeansen och i hans
jackor, och flera gånger hittade jag små tomma påsar i
plast, och alltid hade Fredde ursäkter och förklaringar.
Det var ju inte hans påsar, eller så var de gamla från
tidigare tillfällen, för han hade lagt av!
Men denna gången trodde jag inte på honom.
Inte för en stund trodde jag på hans undanflykter och
förklaringar, och för varje gång jag tittade på det som
varit min tvillingsjäl så såg jag en främling som jag inte
kände igen.
Vem var han?
När kom han?

Jag ville inte ha den där ny Fredde hos mig, och gjorde
allt för att hitta in till hans innersta, där jag visste att MIN
Fredde fanns, den som jag älskade, han som gjorde mitt
liv komplett, och som jag varit så lycklig med.
Men den Fredde som jag delade tak med nu blev
vansinnig på mig.
Hans ögon blev svarta när han kom på att jag tittat
igenom hans kläder, och han skrek åt mig.
Bra dagar var jag bara "kontrollfreak", men dagar då han

mådde dåligt var jag både LUDER och JÄVLA HORA. Det gjorde så ont i mig.

Jag mådde så dåligt mitt i min cancerbehandling och ville bara ha tillbaka min gamle Fredde som kunde hålla om mig och lyfta mig när jag hade det svårt.

Nu sänkte han bara mig dränerade mig på den energi som jag verkligen behövde till mig själv, och jag kände att jag inte skulle klara så mycket mer och till slut fick jag nog. Jag stod inte ut längre.

Jag orkade inte mer.
Nu fick han välja!

Fredde tittade på mig där jag stod och hade samlat allt mod och all ork som jag bara kunde hitta.

Jag kände själv att naglarna skar in i handflatorna när jag knöt händerna och att axlarna var spända.

Han såg förvånad ut, precis som det som jag skrek ur mig, kom från någon som han inte kände.

Han stannade till och mjuknade, och gick efter en liten stund fram till mig.

Han la armarna om mig och tårarna rann medan han kramade mig.

Denna gången tittade han i mina ögon och luften gick ur mig och jag höll mig krampaktigt fast vid hans hals medan jag lyssnade på honom.

Han älskade mig och ville inte mista mig.

Jag var det viktigaste i hans liv och han hade slutat med skiten, och vi skulle åka till Barcelona så fort behandlingen var klar.

Jag sög åt mig av alla hans ord, kände att jag blev varm i kroppen och visste att nu vände det...min Fredde var på väg tillbaka till mig.
Jag visste att han fanns därinne någonstans och nu äntligen hittade han ut.
Jag var så lycklig när han gav mig en lång puss på munnen.

Löven lyste röda, gula och bruna och föll sakta mot marken, och kastanjerna låg bruna och blänkande utspridda över gångstigen.
Rönnbären hade hängt tunga i röda stora klasar och enligt talesättet så skulle det innebära en lång kall vinter.
Jag hoppades verkligen att det inte skulle bli så.
D-Vitaminerna jag skulle tanka kroppen med i härliga solstrålar på sommaren, hade jag missat då jag ofta låg i mitt mörka sovrum med kräkspannen, och jag kände att kroppen fick jobba för att hitta den minsta lilla ork och motivation.

Morgnarna var nu kalla och sommarkläderna var nerpackade inne i klädkammaren.
Hästarna fick på sig sina täcken och livet fortsatte vidare i ett stilla tempo.
Fredde ansträngde sig....ville och försökte.
Men irritationen och otrevliga pikar lyckades han inte alltid stänga inne.
De där "mellandagarna" som jag började kalla de för blev fler och fler, och jag kände redan på morgonen när jag steg upp vad det skulle bli för dag.
Stämningen gick oftast nästan att ta på...och jag tog min lilla tablett för att orka med ångesten.

Min spegelbild.

November

Jag kom ut ur duschen och hade precis tagit på mig
underkläderna.
Jag gick in i vardagsrummet och stannade till vid den
stora golvspegeln.
Det var i november och parkettgolvet var rätt så kallt
under mina bara fötter och jag önskade så att vi hade haft
golvvärme.
Den stora spegeln med den svartlaserade träramen stod
lutad mot väggen och jag stannade till.
Jag var inte vän med min kropp efter sjukdom och
operation och brukade undvika allt vad speglar hette,
men nu stannade jag faktiskt till.
Jag tittade.
Uppifrån och ner.
Jag tittade på spegelbilden som klart, sant, tydligt och
smärtsamt ärligt visade min kropp.

Min kropp!
Jag!
Spegelbilden visade utsidan av en kropp som slogs mot
cancer.
Slogs och kämpade.
Led.
Ärr, och en tanig, smal kropp, och ett kalt huvud var det

som visades i spegelbilden.
Men insidan reflekterades inte i bilden mittemot mig.
Insidan som var full av medicin för att uthärda
sjukdomen, men också för att överleva den.
Insidan som innehöll strider och slag om otrohet, svek
och lögner, sprit, droger och psykisk terror som var
resultatet av vårt förhållande.
Jag tittade på mitt kala huvud.
Mitt fina hår var borta, men jag tröstade mig med att det
skulle växa ut igen.
Fredde smög upp bakom mig och jag var glad för hans
sällskap.
Han la sina armar runt mig kropp och jag log när han
pussade mig i nacken.
Hans andedräkt var varm mot min hud, och det kittlades
lite.
Han tittade på mig genom spegelbilden. Han var tyst en
stund….och bara tittade.
- Förstår du nu? frågade han med sina armar runt min
smala midja.
Jag förstod inte vad han menade, och tittade frågande på
honom genom spegelbilden.
- Förstår du nu varför jag var otrogen mot dig? Du är ju
så jävla ful.

Jag orkade inte.
Orkade inte bli arg eller ledsen.
Jag orkade inte ta strid, orkade inte protestera, orkade
inte resa mig upp.
Orkade inte gå med rak rygg.
Orkade inte skrika.
Orkade inte gråta.

Jag var så slut på kraft och ork, så jag tog emot.
Jag bara teg och tog emot. Som en slagpåse i en gammal
dammig svettluktande boxningshall.

Nyår.

December.

December, kallt och ett tunt täcke med snö.
Det rök vita moln från munnen och knastrade under
fötterna.
Minnena om en varm strand i solen i Barcelona låg långt
borta, längst bak i huvudet.
Ett minne så svagt som en dröm.
Det verkade vara ett annat liv.
För länge sedan.
Ett liv full av lycka, glädje, värme och kärlek.
Jag hade glömt hur det livet kändes.

Vi hade tackat ja till att tillbringa nyårsafton ute på landet
hos några kompisar till oss.
Vi skulle vara 3 par och det skulle bli en lugn kväll med
endast något glas vin till middagen och lite skumpa vid
tolvslaget.

Vetskapen om det hade gjort mig lugn och därför såg jag fram att få umgås och skratta med andra och slippa storstan och det hårda festande som jag var säker på att Fredde inte skulle klara av.

Det luktade gott av fläskfilén som stod i ugnen tillsammans med en potatisgratäng med vitlök när Jessica och Stefan öppnade dörren och hälsade oss välkomna. Det andra paret hade vi bara träffat ett par gånger men vi klickade direkt, och det blev mycket skratt som kändes förlösande i min kropp som gått på halvfart ett bra tag nu. Fredde satt och höll sin hand på min rygg och verkade både glad och upprymd. Jag var glad och njöt av stillheten och kravlösheten i den tidiga kvällen.

Min vaksamhet minskade och avtog och jag kunde släppa loss när Charadspelet kom fram och min tolkning av Charlie Chaplin togs emot av både skratt och applåder.

Till desserten märkte jag dock att Fredde blev lite berusad och satt och gungade fram och tillbaka, men jag förstod nog inte riktigt vad som hände. Jag tittade på honom och försökte få ögonkontakt för att markera att han skulle gå över till de alkoholfria alternativen som stod på bordet ett tag. Han log och gav mig en lätt puss på munnen.

Det började närma sig tolvslaget och Fredde gick på toa medans Jessica röjde undan och Stefan hällde upp champagnen i de höga glasen. Raketer hade redan börjat smälla på avstånd från någon otålig, men de ökade i intensitet ju närmre tolvslaget det blev, och vi gick ut i uterummet med våra glas där vi hade utsikt över ett större samhälle som låg några kilometer bort.

Jag väntade på Fredde som fortfarande inte kommit ut från toaletten, och kände mig som ett fån när de andra vid tolvslaget önskade mig och varandra ett gott nytt år, och höjde sina glas och skålade.

Själv stod jag fortfarande ensam, och väntade, och fattade inte vad han höll på med därinne.

Hur kunde jag bara vara så jäkla blind, undrar jag bara!!!

Jag var så generad och tyckte det var så pinsamt när han 5 minuter senare kom ut, och undrade vad de andra hade tänkte.

Men Fredde var sprudlande glad och verkade inte alls märka av mina ilskna blickar.

Han tog bara fram gitarren och började till de andras förtjusning att spela och sjunga.

Det blev trots allt en mycket trevlig kväll med mycket sång och skratt.

Fredde var i sitt esse och fick med alla på allsång, och jag mjuknade lite.

Jag tittade på honom och såg en lite glimt av min gamle Fredde, och log.

Nu var jag riktigt stolt över honom, och när jag kl 3 på morgonen gick och la mig i gästdelen av huset så hade jag ett leende på läpparna och trodde verkligen att det skulle bli ett gott nytt år.

Fredde ville stanna uppe en liten stund till, men jag somnade direkt.

Klockan 7 vaknade jag och märkte direkt att jag låg ensam i bäddsoffan.
Jag gick upp och mötte Fredde i det andra rummet och var fortfarande uppe.
Han var inte trött och tänkte inte gå och lägga sig, och samtidigt som han sa det började han blöda näsblod.
Jag sprang in på toaletten för att hämta papper och råkade bara titta ner i toalettstolen där jag ser något ligga och flyta.
Jag tittar närmare och ser en liten plastpåse, som inte spolats ner.

Jag var så arg!
Jag var så jäkla arg på Fredde, men var nog mer arg på mig själv, för att jag bara kunde vara en sån blåögd och dum idiot att bara tro något annat!
Fredde var helt speedad och gick fram och tillbaka mellan rummet och sovrummet för att efter två timmar senare rasa ner i bäddsoffan av ren utmattning.

Just då hatade jag honom….och livet.
Jag hade aldrig riktigt hatat honom innan, men just nu slogs jag av den nya känslan.

Jag orkade inte mer! Nu fick det räcka!

Jag skrek ut all min ilska och frustration hemma i vardagsrummet när vi kommit hem.
Fredde kurade ihop och var långt ifrån den pigga och glada kille som han varit ett halvt dygn tidigare.
Han var otroligt ångerfull och skamsen, och mellan tårarna lovade han att han skulle sluta.

Han kunde inte leva utan mig! Han älskade bara mig,
bara jag gav honom en chans att bevisa det!

Efter 10 minuter trodde jag honom.
Vi klamrade fast vid varandra och grät.
Jag kände honom, jag märkte det på hans ord.
Denna gång menade han det.
Nu menade han det på allvar.
Det visste jag.

Färdigbehandlad!

Februari

Äntligen!!!!

Min cancerbehandling var slut och strålande glada firade
vi med en god middag och ett gott alkoholfritt vin.
Så här långt hade allt gått bra, och jag hade till och med
börjat få en kort frisyr.
Fredde hade verkligen ansträngt sig och jag njöt av hans
närhet.
Det hade varit en fantastisk period, och det var helt
underbart att ligga sidan om någon som inte stank av

alkohol varenda natt. Han började springa, och började prata om en halvmara som han skulle anmäla sig till våren, och gick nästan till överdrift på andra hållet. Han drog ut mig för att vi skulle träna, och diagram låg på matbordet där vi varje dag fyllde i vad och hur mycket vi åt.

Nästan maniskt räknade han kalorierna och jag önskade lite stilla att det fanns ett mellanläge, men som vanligt i Freddes värld fanns det bara svart eller vitt.

Men jag var otroligt glad av att se denna Fredde istället, och som jag saknat så mycket.

På kvällarna när jag hörde honom snarka till i soffan kunde jag titta på honom flera minuter och bara känna hur mycket jag älskade honom.

Min gamla Fredde.

Min tvillingsjäl.

I det kalla mörka vinter-Sverige började vi prata om att åka till Barcelona senare över påsken.

Katalogerna låg på matbordet och jag tittade på de fina bilderna som visade de soldränkta stränderna och olika utflyktsmål som vi pratade om att besöka denna gång.

Vi behövde verkligen komma hemifrån tillsammans och jag hade åter börjat tro på en framtid där vi skulle vara friska och leva resten av våra liv tillsammans.

Mitt hår växte sakta ut och jag njöt av att kunna dra kammen i det utan att stora tussar trillade av.

Aptiten kom tillbaka och jag fick en vikt som passade överens med min längd, och timmarna i stallet bättrade på musklerna som förtvinat då jag mådde som sämst och glömde bort att leva.

Nu levde jag!
Nu var jag lycklig!
Nu var vi två igen!
Jag och Fredde!
Äntligen kom min tvillingsjäl tillbaka.

Att blotta sig.

Mars

Det var lördag kväll och Irene, Laila och jag satt i stan och åt en pizza innan vi skulle in på biografen.
Jag hade verkligen saknat våra tjejkvällar och var så tacksam för att jag hade mina kompisar sidan om mig.
Fredde skulle ha en spelning, men hade lovat att komma hem direkt efter, och för första gången på länge litade jag på honom.
Jag var så lugn och trygg när jag satt med mina kompisar i godan ro och njöt av vår lilla tjejkväll som jag så väl behövde.

"Men man kan dock, men man kan dock, honom aldrig tro."

Han kom inte hem den kvällen, eller natten, eller morgonen, eller förmiddagen.
Söndag eftermiddag trillade han in, och jag kände mig så jäkla sviken.

Mitt helvete kom tillbaka i samma hastighet som min gamla Fredde försvann.
Musiken som var hans livlina och stora intresse var också den miljö som sänkte och sakta tog död på honom.
Jag visste att det var bandet och musiken han måste bort från, om han skulle kunna hålla sig ren och nykter, men det skulle han aldrig erkänna för vare sig själv eller för mig.

Han var stark och hade inga problem, enligt sig själv, och han kunde sluta precis när han ville.
Men han hade fel.
Han var svag.
Flödet och utbudet av alkohol och droger var mer än vad Fredde kunde behärska, och han gled bort från mig.
Igen....och längre bort.

Han slutade komma hem efter att det varit spelningar och nu försökte han inte längre lova att han skulle det.
Han bara stängde av mobilen och jag kunde inte göra annat än att oroa mig och vanka av och an mellan rummen.
Jag var så besviken och ledsen, för att sekunderna senare skifta till att bli arg och heligt förbannad.
Hur i helvete kunde han bara göra så här mot mig!
Jag var så trött nu på allt, och hade satt upp mig på kommunens lägenhetssida.
Jag kände att det inte skulle gå att hålla ihop förhållandet så länge till.
Jag älskade honom, men jag kunde inte bara ta emot hela tiden.
Men mitt i all bedrövelse levde jag på hoppet att han skulle komma till insikt att det var hans beroende som förstörde allt.
Men Fredde fanns inte i samma rum som *förnuft och insikt.*

Oftast kom han hem på morgonen och var fortfarande full och påtänd, och oftast började vi bråka, och han blev arg för att jag gick på honom.
Jag menade på att han i alla fall kunde ringa hem, så jag

visste om han skulle komma hem och att jag ville ha reda
på att allt var okej med honom.
Hans kommentarer var alltid att han tänkt ringa, men att
han hade blivit för full.
För full, eller för påtänd.
Jag känner inte honom längre.
Vem är han?

Återigen var knarkradarn på och jag började hitta små
påsar lite här och där i huset.
Metodiskt rotade jag igenom fickorna på Freddes alla
byxor och förstod att det blivit för mycket för Fredde när
han oförsiktigt även hade små påsar i de byxor han slängt
i tvättkorgen för att bli tvättade, och i min skinnjacka
som han lånat vid den senaste spelningen hittade jag både
sugrör och påsar.
Bråken blev bara värre och värre.
När han väl kom innanför dörren efter att ha varit borta
tre dagar brukade jag vara rasande, trots att jag vid detta
laget visste att det inte gick att prata och diskutera något
med honom.

Under dessa dagar hade jag målat upp bilder om hur han
låg i något skitigt kyffe nerslagen och misshandlad, eller
ännu värre, död, och jag var rasande på honom för all oro
han utsatte mig för.
Tänkte han aldrig på mig?
På vad jag fick gå igenom?
Men i hans värld gled jag längre och längre bort.
Han såg mig bara som en liten prick långt borta i
horisonten.

Personlighetsförändringen kom smygande, och så här
efteråt kan jag bara fråga mig om jag var helt blind.
Såg jag verkligen inte det jag hade precis framför
ögonen?
Min ängel blev mer och mer likt en demon, ett monster.
Den goa Fredde som masserade mina trötta fötter efter en
lång dag på jobbet var som bortblåst.
Den omtänksamma kille som med ett snett leende gömde
blombuketten bakom ryggen för att överraska hade jag
inte sett till på ett år, och våra resor och framtidsdrömmar
om Barcelona, skulle i fortsättningen bara vara minnen
från en förgången tid.
Min Fredde fanns inte kvar.
Han var borta i ett rus.
Han som alltid varit lugn och snäll hade numera blivit
lättirriterad och sur, och det kunde vara över princip
allting.
Om jag inte tvättat den tröja han tänkt ha på sig, för att
den inte ens låg i tvättkorgen, kunde starta stora gräl, och
om jag bad honom att inte dricka en kväll, kunde han
kasta glaset han höll i in i väggen med en hög smäll.
Det spelade ingen roll vad jag gjorde, allt jag gjorde var
fel i alla fall.

Jag satt i köket hos Laila och torkade tårarna.
Vi hade gått i samma klass sen högstadiet och vi delade
allt, både glada och tråkiga saker och erfarenheter, och
visste att den ena sa vad den tänkte, även om det inte
riktigt skulle passa den andra i smaken.

I vått och torrt höll vi hop och när Irene var mitt i sin
skilsmässa blåste vi till lördagsmöte och drog ut på puben

för att festa bort all ledsamhet.
Mina bästa vänner var det bollplank som jag så väl
behövde i mitt liv, och nu behövde jag verkligen få prata
av mig.
Laila visste att det var oroligt i Freddes och mitt liv, men
satt som chockad nu när hon fick reda på alla detaljer
som jag inte orkat dra upp tidigare.
Då hennes bror varit på drogavvänjning ett par gånger i
sitt liv var hon väl insatt i min situation, men även
mycket avigt inställd till allt som hade med missbruk att
göra.
En människas val påverkar så mycket för så många
andra, och Laila hade sett vad broderns problem hade
ställt till med, och hur nerbruten hennes mamma blivit av
alla rundor med polisen, och att hopp och förtvivlan
kunde svänga på bara några minuter.

Hon tog en klunk på sitt kaffe och ställde sakta ner
koppen.
Sen sa hon det.
Sen ställde hon den där frågan som slog mig rätt i magen
med en sådan smäll att jag kippade efter luft.
- Anneli, sa hon sakta och la sin hand på min arm. Om
jag hade berättat för dig om precis samma saker som du
nyss berättat, och att de skulle hänt mellan mig och
Nicklas…vad hade du tyckt att jag skulle göra? Vilket
råd hade du gett mig?
Jag stortjöt och hon kom och kramade om mig.
Jag älskade min kompis och hade detta handlat om henne
hade jag gjort allt för att övertala henne att lämna
förhållandet. DIREKT och DEFINITIVT! Just för att jag
älskade henne och brydde mig otroligt mycket om henne.

Hon behövde inte komma med argument och långa tal.
Det räckte att hon ställde den frågan och jag såg mitt liv
från ett annat håll.
Jag förstod att jag var tvungen att ta tag i mitt liv.
Snart...men inte riktigt idag.

Insikt.

Kokainet var en objuden gäst i mitt liv.
Den bara bröt sig in och tog och raserade.
Den tog Fredde, och gjorde min tvillingsjäl till ett svart
monster.
Han blev rastlös och vankade av och an.
Stereon spelade högt och jag tog kudden över huvudet för
att försöka få lite sömn innan klockan skulle ringa inför
jobbet.
Jag fick ingen ro och vila, och min sömnbrist hade gjort
mörka ringar runt mina ögon.
Och även om jag skulle lyckats somna skulle han utan
några som helst betänkligheter kunna väcka mig klockan
4 på morgonen bara för att be mig om någon struntsak
som han ville att jag skulle göra. Han hade tappat alla
tidsbegrepp.

Mellan rusen av kokainet och alkoholen kunde han sova hur länge som helst.
Då skulle det vara knäpptyst.

Då skulle jag tassa på tå, och fick inte störa honom.
Jag visste aldrig vilket humör han var på, och det var som att leva i ett helvete.
Men ibland drog molnen förbi.
En stilla bris som drog med sig allt det svarta.
Drogerna tonades ner och en liten del av den forna Fredde skymtade svagt fram.
Då såg jag varför jag varit kvar, varför jag inte lämnat honom.
Ibland, någon gång kom han hem och ville bara att jag skulle hålla om honom.
Han sov hårt tätt intill mig, och berättade att han var ledsen för att han sårade mig, för han visste om att han gjorde det.
Jag var ju hans bästa vän, och det var ju jag som kunde ge honom stöd och tröst och han kunde inte förstå hur han kunde behandla mig så illa.
- Jag vill dig inget illa, sa han och gav mig en puss i nacken, och med ett tyst "jag älskar dig" somnade han bakom min rygg med sina armar om min kropp.

Det var den Fredde som jag blivit så förälskad i, och jag bad och hoppades ännu en gång på att han skulle orka stå emot.
Men så fort jag ställde ultimatum vände vindarna.
Då dolde mörka skyar hans annars så blåa vackra ögon.
- Jag har inga problem, det är du som har problem med ditt kontrollerande. Skit i om jag kommer hem, för det

gör jag så småningom, svarade han med mörka, svarta, kalla ögon.
Bit för bit trasades jag sönder i mitt eget lilla helvete.

En missbrukare är en stor egoistisk skit! Det är bara den personen som gäller eller har rätt att existera.
Alla andra är noll....nada....ingenting....om man inte har en flaska vodka eller en liten plastpåse med vitt guld förstås.
Helt respektlösa kan de kasta bort allt vad som skulle kunna vara de bästa åren i deras liv, och detta för bara en kväll.

Bakom rusiga ögon fördunklas deras sätt att se, och den mosiga hjärnan är oförmögen att ta de rätta besluten som kan vara en fråga gällande hela ens liv och existens, och något konsekvenstänkande finns inte över huvud taget.
Att inte bry sig om andras känslor blir lika normalt som att snorta en sen fredagskväll.
Fredde levde i sin egen lilla bubbla.
Ensam, och rusig.
Allt som var viktigt från början försvann.

Rädsla.

Alla de viktiga dagar som vi märke upp med röd penna i
almanackan glömdes mer och mer bort, för att till slut
vara helt bortglömda.

Våra första Alla Hjärtans Dag som vi firade med
jordgubbar och champagne bleknade bort, och på vår
sista var han inte ens hemma, och när han väl kom hem
var han fortfarande berusad och påtänd och rosorna på
bordet jag köpt såg han inte ens. Födelsedagarna, i alla
fall mina var viktiga för Fredde, och jag brukade aldrig
bli besviken då han var både fantasifull och påhittig.

Romantiska middagar på en mysig restaurang eller
överraskningskalas med några vänner gjorde att jag alltid
brukade se fram mot min födelsedag.

I februari var det en vanlig söndag.

En vanlig bakfylledag, då jag tyst rörde mig i huset för
att inte väcka Fredde.

När han sedan vaknade av att min telefon ringde och då
förstod att jag fick lyckönskningar på min födelsedag
ursäktade han sig lite om att han inte hade haft några
pengar att köpa något.

Stilla tänkte jag att det minsann fanns pengar till både
sprit och kokain.

Det gjorde ont, men jag fick bara svälja det. Som jag
gjort så många gånger förut.

Gick det bra för honom så försvann han och var borta
flera dagar, utan att visa några som helst livstecken, men
gick det dåligt eller någon hade kritiserat honom kom han
krypandes på knäna.
Då skulle jag finnas till hands.
Jag skulle släppa allt jag hade för händerna och ömka och
trösta honom.
Jag skulle överösa honom med beröm och förbanna alla
de andra dumma idioterna som inte begrep någonting.
Och jag gjorde det.
Jag fanns sidan om och gjorde allt jag kunde för att vara
honom till lags.
Men han repade sig.

Den mörka perioden ljusnade sakta, och faktiskt verkade
han få större självförtroende, och efter ett tag började han
skryta om hur viktig han var för bandet.
Han pratade oavbrutet om hur han skulle göra bandet till
ett hett namn, och gjorde upp planer för den världsturné
som han ansåg att hela mänskligheten var förtjänt av.
Munnen gick i ett på honom medan han ena stunden satt,
för att minuten senare gå fram och tillbaka i
vardagsrummet...och jag kände igen mönstret....visste
att han var på väg in i sin egen värld igen.
Efter tre timmar var jag slut i huvudet och gick och la
mig.
Men inte Fredde.

Klockan 6 när larmet på klockan ringde var jag
fortfarande ensam i sängen, och jag gick upp för att kolla.
Han stod i vardagsrummet vid matbordet och pekade

stolt ner i världsatlasen som låg uppslagen.

Med svart märkpenna hade han ringat in 27 länder, och på andra sidor var 51 städer inringade.

Han log med hela ansiktet, men jag förstod inte.

Hela hans turnéplan låg framför honom och jag förstod inte?

Hans ögon svartnade och han tog ett steg framåt. Hur kunde jag inte förstå det som var viktigast i hela världen? På mindre än 2 sekunder hade hela hans sinnesstämning ändrats och jag blev rädd. Jag var så rädd för honom där han väste så att det stänkte mellan tänderna.

Aldrig att han rört mig eller slagit, men nu kände jag att mina ben började skaka, och jag visste inte vad som skulle hända....men jag förstod att vad som helst skulle kunna hända.

Jag vet inte var jag hittade sinnesnärvaron, men snabbt bad jag Fredde att berätta om sin lysande turnéplan.

Han tvärvände...återigen på mindre än 2 sekunder.

Det fanns iver i hans glada glittriga ögon och han snubblade med orden när han började berätta.

Han vände sig om och pekade i kartboken, och förklarade med en glad röst att de skulle börja sin runda i Liverpool för att efter 26 länder senare landa i Göteborg....och publiken skulle vara i extas efter varje spelning.

Han strålade som en sol och berättade om allt jubel och alla autografer han skulle få skriva.

TV och media skulle följa med på hela turnén och Ozzy skulle vara förband till dem.

Jag lyssnade på hans nonsens en stund, för att en stund senare med ett falskt leende på läpparna be honom berätta mer sen när jag kommit hem från jobbet.

Han log med hela sitt ansikte och jag flydde in på
toaletten och gjorde mig i ordning.
Jag orkade inte med denna teater.
Jag fick spela en roll för att passa in i Freddes värld.

Mörker.

Hela förmiddagen var kaos i huvudet på mig.
Jag var så psykiskt trött, och känslan av rädslan som jag
känt tidigare på morgonen skrämde mig.
Jag gick igenom hela morgonen, och spelade som en film
om och om igen upp hans snabba humörsvängning och
för en gångs skull var jag orolig för att åka hem.
Det var en ny känsla för mig.
Jag var rädd för Fredde.....rädd för min tvillingsjäl.
Kan man vara det?
Jag var det i alla fall.
Livrädd.

På middagsrasten ringde jag hem för att känna av
stämningen.
Fredde svarade på tredje signalen och AC/DC skrålade i
bakgrunden.

Han lät glad och jag blev lite lugnare, och skyllde mitt samtal på att jag bara ville höra vad han ville ha till kvällsmat.

Jag fick fria tyglar för han var ändå inte sugen på något speciellt.

Jag kände mig lite lugnare när jag tog tag i alla papperna som låg och väntade på skrivbordet.

Eftermiddagen gick snabbt och jag släckte lampan på kontoret för att på hemvägen körda in till Tempo och handlade till kvällsmaten.

Jag kände mig mycket lugnare men hoppades på att jag skulle slippa spela med i Freddes teater.

Det var mörkt i fönstren när jag parkerade på uppfarten och bar in matpåsen.

Hundarna mötte mig i hallen och jag ropade ett försiktigt hej, men det kom inget svar tillbaka.

Det var Freddes 3 dagars fripass så jag förmodade att han låg och sov, speciellt efter att ha varit uppe hela natten.

Jag satte in kylvarorna i kylskåpet och tog på kopplen på hundarna och gick en liten runda med dem.

Det var mitten av april och våren började riktigt kännas i luften.

Fåglarna kvittrade till varandra och rabatterna var fulla av vita, gula och blåa vårblommor som fick mig att vakna upp efter en lång och jobbig vinterdvala.

Jag undrade lite stilla om det verkligen skulle bli fler rundor till Barcelona för mig och Fredde någon mer gång?

Innerst inne trodde jag inte det.

Då visste jag inte hur rätt jag skulle ha.

Vardagsrummet låg i mörker då persiennerna var nerdragna och jag tassade försiktigt in för att tända golvlampan som stod i det närmsta hörnet och jag slog till foten mot en av stolarna när jag skulle förbi matbordet.

Det klickade till när jag slog om strömbrytaren och den rödmålade fondväggen lös upp i det mjuka ljuset.

Då såg jag!
Stolen jag stötte till!
Det var inte stolen!

Jag skrek rakt ut när jag såg Fredde på golvet.
Han låg liggandes på magen, och jag väntade på att han skulle vakna av mitt skrik, och i samma stund blev jag lite orolig för att han skulle bli arg för att jag väckt honom.
Men han låg fortfarande stilla.
Rörde sig inte en centimeter.
Inte en millimeter.
En flyktig tanke om att det var ett skämt, och att han snart skulle hoppa upp och skrika, slog mig.
Jag backade, beredd på att han skulle hoppa upp, men efter en stund så tog jag ett steg fram och böjde mig sakta fram för att titta på hans ansikte.
Men då förstod jag.
Då insåg jag.
Och då skrek jag.

Hela min kropps sorger, bekymmer, ångest och oro skrek jag av mig, när jag kastade mig ner på golvet och bankade på Freddes rygg för att han skulle vakna.

Jag klappade på hans kalla kind hårdare och hårdare samtidigt som jag innerst inne visste att det inte var lönt. Jag smekte hans långa hår, och hade jag inte varit religiös förut så blev jag det i den stunden då jag bönade och bad till den Gud, eller alla andra Gudar som fanns om att få Fredde att vakna igen.
Mina ben skakade.
Mina händer skakade.
Hela jag skakade, och hundarna sprang oroligt omkring mina ben och nosade på Freddes ansikte.
All tid försvann och det var helt mörkt ute när jag fann så mycket sinnesnärvaro att ta fram mobilen.

Operatören på larmtjänst var underbar.
Med sin lugnande röst tröstade hon mig så gott det går när man sitter kanske 70 mil därifrån, och ställde de frågor hon var tvungen att ställa för att kunna göra sitt jobb.
Som i trans svarade jag på allt hon frågade.
7 minuter senare knackade det på dörren och dörren öppnades innan jag hann fram, och på bara några sekunder var hela vardagsrummet fullt av rörelse.

Den kvinnliga polisen ledde mig in i köket och hjälpte mig ner på en stol vid bordet och la sin hand på min rygg. Hon sa inte så mycket, utan bara satt där alldeles lugnt och stilla och lät mig gråta ut all min förtvivlan och frustration.
Jag såg genom mina tårdränkta rödsprängda ögon in i dörröppningen där den andra polisen stod sidan om ambulanssjukvårdarna och noterade lite i sitt block och tittade på klockan.

Fredde låg fortfarande på golvet med huvudet åt sidan, och det långa fina håret hängandes i ögonen.
Jag ville så gärna gå fram och föra det åt sidan för att få se hans blåa ögon...en sista gång.

Jag ville så gärna klappa honom på kinden och säga att jag älskade honom....en sista gång.
Jag ville bara att han skulle vakna.

Den kvinnliga polisen började ställa några frågor till mig, och jag berättade, och berättade.
Det var som en ventil man öppnat som gjorde att allt bara forsade ur mig.
Jag berättade om de väsentliga sakerna som att jag visste, att Fredde både drack och gick på kokain, men även helt oväsentliga saker som inte alls hade med saken att göra.
När jag mellan snyftattackerna berättade om att han inte hade pengar till min födelsedagspresent tog hon mig på handen.
Lugnt och stilla satt hon och klappade den.
Sa inget.
Men hon fanns, och lyssnade.
Hennes yrkesskicklighet visste att detta inte var något som rörde fallet, men ändå var en mycket stor sak i mitt känsloliv.
Jag grät och skakade och var stundtals så illamående så att jag trodde att jag skulle kräkas.
Efter en stund noterade jag som i en dimma att det kommit fler folk, och jag såg att blixtrande ljus reflekterades i glasskåpen i bokhyllan i vardagsrummet.
Det fotograferades, och efter en stund lämnade ambulanspersonalen rummet och huset med sin

bår....och min Fredde.
MIN FREDDE!

Den kvinnliga polisen tog försiktigt min mobil som jag
haft krampaktigt i min hand sen samtalet med larmtjänst
och undrade om det fanns någon i min kontaktlista som
hon kunde ringa till och då mamma och pappa firade
bröllopsdag i Florida och inte var hemma så rabblade jag
upp både Laila och Irenes namn.
Hon bläddrade fram Irenes nummer som låg först i listan
och tryckte på luren och ringde.
Lite finkänsligt gick hon en bit bort när det svarade i
andra änden, och den manliga polisen kom snabbt med
ett glas vatten till mig och satte sig på stolen sidan om.

Jag hörde små fragment på avstånd. Enstaka ord som
brände i mina öron.
Polisen.
Anneli.
Sambo.
Funnen död.
Vardagsrummet.
Stöd.
Möjlighet att komma?

Jag tyckte inte ens att den kvinnliga polisen hunnit lägga
på luren förrän Irene stod i dörröppningen.
Tårarna rann på henne och jag klamrade mig fast vi
henne medans jag stortjöt.
Jag klamrade mig fast som om hon var min livlina, min
livboj för att jag inte skulle drunkna.
Återigen öppnades ventilen och allt bara forsade ur mig

ännu en gång denna kväll.
Allt bara rann ur mig.
All sorg.
All frustration.
All ilska.
All rädsla.
Allt hat.
All besvikelse.
All ensamhet.
All ångest.
All jävelskap som jag varit med om det sista året.
Och hon höll kvar mig över vattenytan.
Jag hulkade och hängde om halsen på henne och trodde jag skulle gå sönder.
Jag var säker på att mitt hjärta skulle stanna av allt som jag kände i min lilla späda kropp.
Det gjorde så ont, och jag hade föredragit att slippa all smärta.
Jag var säker på att jag skulle dö, och innebar det att jag skulle få vara tillsammans med min tvillingsjäl så hade jag faktiskt önskat det.

Andas in, och ut.

April.

Vår.
Ljus och värme.
Fågelkvitter.

Jag bodde hos Irene.
Jag kunde inte åka hem.
Kunde inte föreställa mig att gå in genom ytterdörren och titta in på vardagsrumsgolvet.
Jag undrade om jag någonsin skulle kunna ta steget över tröskeln till mitt och Freddes hus, men visste och förstod att den dagen måste komma någon gång.
Som i ett töcken tickade minuterna och blev trots omöjligheten i min hjärna både timmar och dagar, och återigen blev de lugnande och ångestdämpande tabletterna min bästa vän.

Dom löste inte mina problem, väckte inte upp Fredde, och fick inte världen till att bli ljusare, men gjorde så att jag vaggades mjukt i min lilla värld som tycktes vara intryckt i mjuk jellopudding.
Inget ont kunde komma in i mitt medvetande med full kraft.
Jag hade en tunn hinna som sköld medan kroppen försökte läka sig under tiden.

Vissa dagar låg jag bara i bäddsoffan och grät och tyckte livet var skit, och försökte hitta anledningar till att vilja leva.

Men jag fick svälja allt för att ta hand om hundarna och Celtic.

Jag måste fortsätta andas in, för att sen andas ut, och så fortsätta så en gång till, och en gång till ....måste leva vidare hur tungt det än var.

Det fanns inget annat alternativ.

Inget val.

Obduktion.

Obduktionspapperna från Rättsmedicinalverket kom efter en vecka efter obduktionen, men jag förstod redan innan på ett ungefär vad det skulle stå.

Men trots det skakade händerna på mig när jag stod med den 7-sidiga rapporten och försökte ta in allt.

Mått och vikt.

Fakta och siffror.

Var det ett recept?

Nej, det var Freddes kropp.

Rapporten berättade sakligt och okänsligt om Freddes utsida, men det mesta handlade om hans insida.

Tänderna påvisar nerbrutet tandkött och tandben.
Näsbenet känns helt.
Skiljeväggen påvisar nedbrytning.

Jag hade sett de mer och mer vanliga störtfloderna av näsblod och var inte så förvånad av det jag läste.

Inre undersökning:
Bröstorganen:Utspända/vätskefyllda lungor.

Hjärtat: Förstorat.

Hjärnan: Påvisad blödning i hjärnan. Rättsläkarens utlåtande:

Dödsorsak: Blodtrycksökning med efterföljande blödning (Stroke)

På sista sidan fanns analysbeskedet som visade resultaten av de prover som var tagna på Fredde.
Man kollade i lårblod och ögonvätska efter alkohol, läkemedel, narkotika och övrigt, och det var här jag blev förvånad....men samtidigt inte.

Visst visste jag att Fredde höll på med kokain, men jag anade aldrig att han även använde både Amfetamin och Ecstasy.

Fredde dog av en överdos.
EN ÖVERDOS!!!
Min Fredde.
Min tvillingsjäl...som sakta gled från mig.
Som blev ett svart monster.
Som sänkte mig.
Som fick mig att förtvina.
Hur kunde han bara göra så mot sig själv?
Hur kunde han bara göra så mot mig?

Är jag utan skuld?
Kunde jag ha gjort mer...eller något annorlunda?
Nej, det kunde jag inte.
Detta var Freddes val.
Jag kunde inte ha gjort något mer för att ändra Freddes
val och beslut.
Gudarna ska veta att jag verkligen försökte med allt.

Han hade så många gånger hört om min oro och rädsla,
och hur ledsen jag var, men det vägde inte över det som
var Freddes tillflyktsort.
Hans lilla oas och drömvärld som han sög in sig i med
sitt sugrör, lockade och gav honom mer än vad jag och
all min kärlek kunde ge.
Inget jag gjorde kunde bryta igenom hans rus och
egenterapi.
Inget jag gjorde, eller sa.
Jag hade egentligen kunnat kapitulera första gången han
bedrog mig, för då hade det redan startat.
Han hade redan stängt av sig.
Både hjärna och hjärta.
Jag skulle ha förstått att det skulle bli så igen.

Jag hade kunnat bespara mig så mycket lidande om jag bara hade sagt STOPP och gått därifrån….men jag hoppades, hoppades igen, och kärlek förblindar.
Jag hoppades så att jag skulle få Fredde att se, att han skulle vakna.
VAKNA FREDDE!!!!

September.

Irene hade gått tillbaka till hotellet.
Hennes rygg var kräftröd och hon hade skakat så att tänderna skallrade med en tjock tröja om sig hela kvällsmaten, av solfrossa, och gick utan större protester tillbaka till vårt rum för att ta en varm försiktig dusch och lägga sig under täcket.
Hon tyckte att hon svek mig då hon lämnade mig vår andra kväll i Salou, men ärligt talat tyckte jag att det skulle bli riktigt skönt att ta det sista glaset vin på uteserveringen i min ensamhet.
Jag tittade ut över stranden och hörde segelbåtarnas smatter i marinan en liten bit längre bort.
Barcelona var en omöjlighet för mig, med alla minnen, men jag hittade vackra Salou 12 mil längre bort och var riktigt nöjd över valet.
Laila kunde inte följa med på tjejresan och lilla Signe var anledningen till det.
Äntligen hade de fått sitt älskade lilla barn som krävt år av försök och till slut två IVF-behandlingar innan det blev jackpot.

Tomheten efter Fredde var fruktansvärd, och de första månaderna bestod bara av tårar och ångest efter att han lämnat mig i min ensamhet.
Jag hamnade vid kanten av en avgrund.
Jag ville bara hoppa.

Följa med Fredde ner i mörkret.
Slippa känna.
Slippa leva.
Sömntabletterna fick mig att sova drömlöst, men
smärtan, saknaden och tomheten kom tillbaka i samma
ögonblick som jag slog upp mina ögon.
Jag ville inte vakna.
Men måste.
Andas in.
Andas ut.
Upprepa.
Och upprepa.
Måste gå vidare.
Måste leva.

Vi hade fantastiska stunder tillsammans, och det är de jag
försöker minnas.
Jag vill minnas våra kvällar på golvet i vardagsrummet
framför stereon där vi spelade alla våra hårdrocksskivor,
och våra sammanflätade fingrar på stranden i Barcelona.
Jag kommer alltid att älska den fina människa han
egentligen var utan alkohol och droger.
Jag vill minnas massagen han gav mig och de fina
romantiska ord som han viskade i mitt öra, och allt det
andra som gjorde honom till min tvillingsjäl....innan
mörkret och ondskan flyttade in i honom.
Jag vill minnas han solbrända överkropp och hans
muskler innan han blev den andre Fredde.
Sorgen efter honom var stor.
Saknaden var större.
Det gjorde ont i själen och jag ville bara lägga mig ner
och skrika.

Det var som en dröm...låt mig vakna.
Det måste vara en dröm.
Inte kan väl lite droger ställa till med så mycket skit, eller
dra bort någon som man älskar så mycket?
Jo. Både alkoholen och drogerna kan förändra hela ditt
och din omgivnings liv.
Man blir en annan, och oftast en som inte är välkommen i
familjen, som raserar, förstör och förintar.
Men alla mina frågor?
Jag ville att han skulle svara på dem.
Hur orkar man leva med sig själv när man bara ljuger,
manipulerar och bedrar den man älskar?
Var finns kärleken då?
Försvann den bara?
Fick han någonsin dåligt samvete?
När han rörde de andra tjejerna....tänkte han någon gång
på mig?
När han sniffade i sig sitt kokain....tänkte han då att han
var i livet på lånad tid?
Ljuger de så i sin lilla bubbla, i sin värld så att de till slut
tror att det är sant och riktigt?
Han sa ju att han älskade mig....var det bara lögn?

Aldrig får jag svar.
Aldrig får jag veta.
Han är död...och jag gråter högt och skriker tyst
inombords...och allt, bara för att få sig ett rus.
FY FAN FÖR KNARK!!!!!
Knarket tog Fredde, och det tog min kärlek och även mitt
liv.

Jag slipper nu svek, otro och lögner, och att leva ensam i
ett samboförhållande.
Jag slipper att ständigt vara misstänksam och söka och
leta igenom fickor och kläder.
Jag kan sova om nätterna utan att oroa mig för att något
har hänt och slipper att sitta och vänta och vaka.
Jag behöver inte längre tassa på tå för att undvika att
störa, eller att hela tiden försöka vara till lags, vilket är en
omöjlighet, och vin och spritflaskor kan jag ha synligt
framme i det glasade barskåpet utan att vara orolig.

Men något fattas mig.
Något fattas i mitt liv.
Han är borta.
Han är död.
Min tvillingsjäl.
Jag är ensam.
Ensam i livet.
Jag får klara mig.
Jag måste klara mig.

Jag torkade bort en tår som rann nerför kinden.
Det sved till då den blivit bränd av mitt och Irenes
solande hela dagen.
Jag tog en klunk och tittade förstrött på menyn som låg
sidan om på bordet.
Jag tittade på bilderna på olika maträtter och visste precis
vad Fredde hade velat beställa.
Solen gick ner bakom hotellkomplexet och palmbladen
svajade lite svagt när en lastbil körde förbi.
Längre bort tutade en otålig bilist på någon annan som
inte var lika snabb.

Det klirrades av bestick hos de ätande gästerna vid borden sidan om, och jag ryckte till.
Den mjuka musiken i högtalaren var sövande och lugn, och jag saknade verkligen sängen på rummet.
Jag drack upp det sista i glaset och la 10 Euro på det lilla fatet, och följde träbryggan förbi småbåtarna som låg tryggt förankrade i marinan.
Det var dags att gå.
Det var dags att gå vidare....i Spanien...men denna gången utan min tvillingsjäl.